「お疲れさん」
「ノアもお疲れさま。待っていてくれてありがとう」
ノア／アインハルト
アリシア

ウェンディ
「カミラ・アンハイム王女殿下にご挨拶申し上げます。
ウェンディ・ラジーネと申します」
「同じくご挨拶申し上げます。
アリシア・ブルームと申します」

「顔を上げて。お仕事の邪魔をしてごめんなさいね」
「君たちは業務に戻って構わない。カミラ、もう図書館はいいだろう？戻ろう」
カミラ
アンハイム王国の王女。わがまま
ジーク
王太子。縁戚のためカミラのお目付役として振り回されている。

「悪い。夕方から詰所に
顔を出すよう言われてたんだ」
「ううん。忙しいのに、
来てくれて嬉しかったわ。
ありがとう」
「俺が会いたかったんだ」
昨日の事があったから、
わたしの傍に居てくれようと
したって知っている。

隠れ星は心を繋いで
～婚約を解消した後の、
美味しいご飯と恋のお話～
2
花散ここ
Illustration
とよた瑣織

contents

口絵・本文イラスト＊とよた瑣織
デザイン・c.o2_design

序章　夕さりの中で向かう先は

職場である図書館を出た先に広がっていたのは、夕焼けの空。眩《まばゆ》いくらいの朱と金が空を染め上げている。通り雨を降らせた雲がまだ残っていて、その雲の端が薄いピンクと青に色付いているのも綺麗《きれい》だった。

陽が落ちるのには早く、夏の訪れを予感させるような空をしていた。

そんな空の下で、図書館を囲う鉄柵に凭《もた》れるようにしてノアが立っている。わたしの姿を見て手を挙げた。

「お疲れさん」

「ノアもお疲れさま。待っていてくれてありがとう」

駆け寄るとノアの指先がわたしの耳を飾るピアスを揺らして、それから頬を撫《な》でていく。その優しい仕草に笑みが零《こぼ》れて、胸の奥がぎゅっと疼《うず》いた。

「先にあまりりす亭で飲んでたら怒るだろ」

「別に怒りはしないけど、わたしが一緒にいた方が楽しいでしょ」

「違いねぇ」

軽口の応酬にノアが低く笑う。わたしもつられるように笑いながら、どちらからともなく手を繋《つな》いで歩き始めた。

石畳の道にわたし達の影が並んで伸びる。なんとなく絡めた指を揺り動かすと、当たり前だけれど影も同じように動いていて。それがなんだかおかしくて、幸せで。

陽は落ちても、まだ夜の帳《とばり》が降りるまでは時間が掛かりそうだ。夜と夕方が入り混じるこの時間が好きだった。

空に浮かぶ細い月、力強く瞬く星。夕さりならではの美しさに心が弾む。

「そういえばね、今日はウェンディが来てくれたのよ」

ノアを見上げてそんな事を話しかければ、口元に笑みを浮かべた彼がわたしの事を見てくれる。分厚い前髪の隙間から見える紫の瞳は、空に浮かぶ夕星《ゆうつづ》と同じ色をしていた。

「来週から仕事に戻るんだったか？」

「そう。今日はその挨拶に来てくれたの。ラジーネ団長も来週から？」

「いや、団長は今日から仕事に来てる。昨日のうちに揃《そろ》って領地から戻ってきていたらしいな」

「王都に戻ってすぐにお仕事なんて、忙しいのね」

「三週間休むのにも、だいぶ苦労していたみたいだぞ」

やはり長期の休みを取るのは難しいのだろう。団長は、その役職からしても特にそうなのかもしれないけれど。

ウェンディは結婚式の前後で一ヵ月のお休みを取っていた。

ラジーネ侯爵領で開かれた結婚式にはわたしとノアも招待されて、喜んで参列させて貰《もら》ったのだけど――

「あんなに綺麗なウェンディを見られたんだもの。その苦労も報われたわね、きっと」

「そうだな。今日も幸せそうだったぞ」

幸せそうだったのはウェンディも同じだった。

頬は薔薇《ばら》色に色付いて、表情や所作だけでなく、その雰囲気からも幸せだというのが伝わってくるほどだった。

ウェンディはまだ図書館に勤める事が決まっている。ラジーネ団長が数年後に侯爵位を継いで騎士団を退団する時に一緒に退職するそうだ。

それでも現侯爵夫人であるラジーネ団長のお母様に習う事があるからと、お休みの度に領地に向かうそうだけど、それも楽しそうに話していた。

「俺は二ヵ月くらい休みを取ろうと思うんだが」

「二ヵ月？　それはちょっと長すぎるし、無理なんじゃないかしら」

「綺麗なお前を独り占め出来る時間なんて、どれだけあっても足りないだろ」

「……バカね、お休みを取らなくたって独り占めなんて出来るでしょ」

「確かに」

冗談めかした響きの中に籠もる熱を感じ取る事が出来るくらいに、もうこの距離にも慣れてしまった。慣れてしまったけれど……ドキドキしてしまうのはまた別の話だ。

「でも本当に素敵なお式だったわね。ウェンディも団長も嬉《うれ》しそうに微笑《ほほえ》んでいて、お花がいっぱいで、温かくて幸せな気持ちになれる。そんな結婚式だった」

「ああ。きっと俺達の式もそんな式になるさ」

「そうよね。なんだかもっと楽しみになっちゃった。わたし達のお式は冬の予定だから、ウェンディのお式みたいにお花でいっぱいっていうわけにはいかないし、ガーデンパーティーも出来ないけど……」

「その分、冬にしか出来ない事をすればいい。ガーデンパーティーがしたいなら春にでもまた、近い人だけを呼んでパーティーを開いてもいいしな」

夏の始まりに開かれたお式の眩さに心を奪われていたけれど、ノアの言葉に冬のお式もきっと素敵だと、そういう気持ちになれる。

きっとそれを二人で考えていくのも楽しいのだ。まだ時間はあるのだから。母が聞いたら「全然足りないわ」なんて悲鳴を上げてしまうかもしれないけれど。


通りの向こうからは朗らかな声が聞こえてくる。

この夜を楽しんでいる人々の賑《にぎ》やかな声に、口元が綻ぶのを自覚した。

陽が沈んでもまだ仄明《ほのあか》るい。月と星のささやかな瞬きが次第に光を強くしていく。

飴細工《あめざいく》が美しいチョコレートケーキがお気に入りのカフェは、もう閉店準備をしているようでお店のカーテンは閉められている。

帰路につく人、繁華街に向かう人が入り混じる。立ち話をしている奥様方は近くのパン屋さんで買い物をした後なのだろう。綺麗な焼き色のバゲットが紙袋から顔を覗《のぞ》かせていた。

「今日は何にしようかしら。冷たいエールもいいけれど、ワインも捨てがたいし」

「両方頼めばいいだろ、いつもみたいに」

「バカね、こうやって悩むのが楽しいんでしょ。それに一杯目ってなんだか特別なのよね」

「分かる気もするが……俺はエールかな。あとは肉が食いたい」

「わたしもお肉の気分。お腹が空いてきちゃった。それと……うん、わたしもエール」

笑いながらそんな話をしていたら、あまりりす亭まではもうすぐだ。看板の温かな明かりが石畳に光を落としている。

見上げたらノアがわたしを見てくれる。口元は機嫌よく綻んでいて、眼鏡と前髪の奥に隠れた瞳《め》が優しく細められているのが容易に想像出来てしまった。それにまた、鼓動が跳ねてしまって。

見つめていた事が恥ずかしくなって目を逸《そ》らすと、くつくつと低い声で笑われてしまったからわたしの気持ちなんてお見通しなんだろう。誤魔化すように手を揺らした。

やってきたあまりりす亭の前で、ノアが大きく扉を開けてくれた。

外まで広がるいい匂いにつられるように、お腹が小さく鳴ってしまう。今日もまた、美味しい時間が始まるのだ。

「いらっしゃい」

朗らかなエマさんの声が響く。厨房《ちゅうぼう》から顔を覗かせたマスターが軽く頭を下げるのもいつもの光景だ。

ノアはわたしの椅子を引いてくれてから、隣に座る。いつの間にか縮まっていた距離。前は椅子一つ分空いていた距離が、いまはもう触れ合いそうなくらいに近い。

「今日は何にする？」

「二人ともエールを。それからおすすめの肉料理を頼もうかな」

「はぁい。アリシアちゃんもお肉でいい？」

「ええ、お願いします」

注文を聞いていたのか、マスターはもう調理を始めているようだ。脂の弾ける軽やかな音が聞こえてきて、それからお肉の焼けるいい匂いがする。

「はい、まずはエールと……これをつまんでて」

エールで満たされたジョッキを両手で受け取ると、ずしりとした重みを感じる。おつまみにと出してくれたのはきのこのパイのようだ。

「美味しそう。いただきます」

両手を組んで祈りを捧《ささ》げるけれど、ここに来るといつも早口になってしまうのは仕方がない事だろう。改めてジョッキを持って、隣のノアとそれを掲げ合った。

「乾杯」

揃った声に笑みが漏れる。

とりあえず一口だけ……と思っていたはずなのに、冷たいエールがあまりにも美味しくて気付けば一気に半分ほどを飲んでしまっていた。

ふぅと吐いた息には酒精が混ざり始めている。

「やっぱり夏が近付いているからかしら。冷たいエールが美味しい」

「冬に飲むエールは？」

「それも美味しい」

揶揄《からか》うようなノアの声に、当然とばかりに頷《うなず》くと笑われてしまう。

でも美味しいんだから仕方がないじゃない？

「そういうノアだって、一気に飲んでしまっているでしょ」

「夏も冬も、お前と飲む酒は美味いからな」

「またそういう……」

口の端が弧を描いている。そんな事を言われたら、それ以上何も返せなくなるのをノアは知っているくせに。

ノアはお代わりのジョッキを受け取って素知らぬ顔だ。わたしはまたもう一口だけエールを飲んでから、きのこのパイと向き合った。

フォークを入れるとパイ生地がサクサクと音を立てて崩れていく。崩れた場所から溢《あふ》れてくるのはホワイトソースとチーズを纏《まと》った様々なきのことほうれん草。パイと共に口に運ぶと、きのこの旨みとホワイトソースのまろやかさが口いっぱいに広がった。

チーズの塩気と、ほんのり甘いパイ生地もよく合っていてとても美味しい。

「このタルト、すっごく美味しい。チーズが何だか独特の味ね」

「普通のチーズじゃねぇな。ヤギ、か？」

「ご名答～。ヤギのチーズを使っているの。とろんと溶けたりしないけど香ばしいでしょ？」

わたし達の声が聞こえていたのか、厨房から顔を覗かせたエマさんがにっこりと笑う。

それに頷きながら今度はチーズだけを口に運んでみると確かに香ばしくて、美味しい。この独特の風味がエールを進ませて、わたしはジョッキを空けてしまった。ワインも飲みたいけれど、次もエールにしよう。

「ヤギのチーズってこんな味がするの。ノアもよく分かったわね」

「北の砦《とりで》じゃヤギのミルクが出てたからな」

「そうだったのね。砦の食事ってどうだったの？」

ノアが北の砦に赴任していたのは、深い冬の頃だった。会えなかったあの時も、今では大切な思

い出になっているのだから不思議なものだ。

「美味いとは思うぞ。ただ、街から離れて物資も限られている中で食べるには充分だが、やっぱり好きなもんを自分で選んで食う方が美味いな」

「痩せて帰ってきちゃったしね」

「あれは……まぁ、また別なんだが」

「別って？」

何か他にも理由があるのだろう。不思議に思って問いかけると、ノアがわたしの髪に手を伸ばした。下ろしたままの髪の毛先を指に絡めては解く事を繰り返している。

「お前と会えなかったから」

「……わたしと？」

「そう。お前と食う飯の美味さを知ったら、物足りなくなっちまって。前にも言ったろ？　お前の事を毎晩考えて……想ってたって」

ノアの声が甘い。確かにそんな事を言っていたけれど、今……それを持ち出してくるのは何だか狡《ずる》いと思ってしまう。わたしが知っている以上に、ノアがわたしを想ってくれていたって、分からされてしまうから。顔が赤くなっていく。耳まで熱くて、じんじんと疼いてしまうくらいに。

「なんてな。お、いい匂いがする」

そんなわたしを見て低く笑ったノアが、髪から手を離す。今までの雰囲気を一変させるように明るい声で言葉を口にするから、少しだけほっとしながらわたしも頷いた。

本当にいい匂い。そちらに目を向けると、エマさんとマスターがお皿をカウンターに置いてくれたところだった。

湯気の立つ骨付きの鶏もも肉には、粗く刻んだナッツの入ったソースがたっぷりと掛けられている。香ばしさの中にローズマリーがふわりと顔を覗かせているようだ。

「鶏もものナッツソース。鶏ももは煮込んであるから、柔らかくて美味しいわよ」

エールのお代わりをわたしの前に置いて、エマさんは「ごゆっくり」と言葉を残してから厨房に戻っていく。洗い物をしているマスターの隣に並んで腕まくりをしている、いつも通りの仲睦まじさに笑みが浮かんだ。

ナイフとフォークを手にして、早速お肉を切り分ける。エマさんの言った通りにお肉は驚く程に柔らかくて、ナイフが抵抗なく沈んでいった。フォークだけでも切り分けられるんじゃないだろうか。

ナッツソースをたっぷりと絡ませて、口に運ぶ。

「んん、美味しい」

「美味いな」

クルミやアーモンド、それからヘーゼルナッツがソースの中に見える。お肉と香ばしいナッツのソースはよく合っていた。口の中でほどけてしまうくらいに柔らかなお肉はほんのりと甘い。鶏肉の旨みがよく出ていて、とても美味しかった。

「これはエールが進むわ」

「間違いねぇな。パンは？」

「食べる！　エマさん、パンも頂戴」

「はぁい」

ノアが可笑《おか》しそうに笑っているのが視界の端に映るけれど、構っていられない。

このソースにパンを浸したら、絶対美味しいに決まっているもの。

エマさんが持ってきてくれた籠にはクーペの美しいパンが盛られている。籠を受け取ってひとつ手に取ると、温めたばかりなのか持っていられないくらいにほかほかだった。

「もう少し待ったほうがいいんじゃないのか」

「温かいものは温かいうちに食べなくちゃ」

パンを両手に行き来させて冷まそうとしていると、ノアがそのパンをひょいと攫《さら》っていってしまった。

熱さを気にした様子もなく、パンを半分に割る指先に目が奪われる。

「ほら」

「……ありがと。熱くないの？」

「熱いけど平気」

「結構熱かったと思うんだけど。はい、半分こ」

渡されたパンの半分をノアに返す。眩いくらいに白い断面からはほかほかと湯気が昇っている。

一口サイズにちぎってからソースに浸すと、その白が薄茶に染まっていく。ナッツも絡めて食べてみると、パリッとしていたパンの外側がしっとりと柔らかくなっている。

ソースがしっかり染み込んで、パンの甘さにもよく合っている。ナッツの食感も楽しい。

「食べすぎちゃいそうなくらいに美味しい」

「いいだろ、食べすぎたって」

「だめよ、来週はドレス用にサイズを測らなくちゃいけないんだもの」

わたしよりも大きな口でパンを食べ終えたノアは、またパンを一つ持つとわたしの鼻先でゆらゆらと揺らしている。

「美味いぞ」

「もう。太ったらどうしてくれるの」

「美味そうに食ってるお前が好きだからいいんだよ」

「わたしは良くない」

そんな言葉を掛け合いながら、わたしはパンを受け取った。

食べない選択肢は最初からなかったのかもしれない。食べたらやっぱり美味しくて、ドレスはまぁ……きっと来週のわたしがどうにかするでしょう。

「お前に言っておかなきゃと思ってたんだが、これから少し忙しくなりそうなんだ」

食事を終えたわたし達は、デザートのシュークリームを食べていた。

ノアはひとつ食べ終わって、わたしはふたつめ。以前にもマスターが大量のシュークリームを作った事があったけれど、時々そういう時期が訪れるらしい。

「忙しく……って、騎士団でっていうこと？」

シュークリームの上部分をナイフで切り分けて、カスタードクリームと一緒に口に運ぶ。ふたつめでも変わらない美味しさだ。その口にイチゴも入れると、酸味が強くてこれもまた美味しい。

「そう。アンハイム王国の使節団が、来週から来る事になっているのは知ってるだろ？　図書館も視察場所に入ってたしな」

「ええ。確か王女様がいらっしゃるのよね」

「その護衛任務に俺もあたる事になっちまって」

「今までもどこかの使節団がいらっしゃったら、騎士団から護衛がついていたものね」

今回が特別なわけではない。

訪れる使節団の中にも護衛の兵士は居るけれど、騎士団も護衛にあたる事が習わしになっている。だから特に気にしていなかったのだけど、ノアは大きな溜息《ためいき》をついてから白ワインを飲み干してしまった。

「行きたくねぇ」

「随分はっきり言うわね」

その声色から彼の感情が読み取れるようで、苦笑いが漏れてしまった。

今までだって護衛任務につく事はあっただろうに、どうしてなのか。

「今回が初めてというわけじゃないんでしょう？」

「そうだが……何だか嫌な予感がするんだよな」

「怖いこと言わないで。あんたの勘って当たるから嫌だわ」

「俺も」

シュークリームの下部分はクリームの水分を吸っているからずっしりと重たい。それを切り分けて口に運ぶとしっとりとしたシュー生地と生クリームが合わさって、これも美味しい。

上部分もいいけれど、わたしはこっちのほうが好きかもしれない。

「でもまぁ、砦に赴任した時みてぇに会えないわけじゃないからな。それだけがまだ救いか」

「ノアだけに護衛任務があるわけじゃないのよね？」

「ああ。数人で一隊を組んで、複数の隊が交代で護衛する」

「……今更だけどお仕事のこと、聞いちゃって平気だった？」

「本当に今更だな。俺から話した事だし問題ねぇから心配すんな」

「それならいいんだけど……」

ノアの言葉にほっと安堵《あんど》の息が漏れた。まぁノアならちゃんと機密事項とそうじゃない事を区別してわたしに話してくれているとは思うけれど。

シュークリームを食べ終えたわたしは、白ワインを一口飲んだ。花のような香りが鼻に抜けていく。口の中に残っていたクリームの甘さが流されてさっぱりした。

「アリシアちゃん、おかわりは？」

「今日はもうお腹いっぱい」

「じゃあまたおうちに持って帰って。ノアくんもね」

「俺は宿舎だからなぁ……」

「誰か食べるでしょ。お願いだから持っていって欲しいのよ。見てよ、この量」

エマさんが困った口ぶりで山積みになった箱を指し示すけれど、笑顔はいつものように明るい。

エマさんの向こうではマスターが申し訳なさそうにぺこりと頭を下げている。

「じゃあ貰っていくかな」

「ありがとう、助かるわ～。あたしも四つ食べたんだけど、もうお腹いっぱいになっちゃって」

「……四つ？」

信じられないとばかりにノアが言葉を繰り返す。実際にエマさんが四つ食べたところを見た事があるわたしは、笑うしかなかった。

お会計をして、あまりりす亭を出る。

外まで見送ってくれたエマさんとマスターに手を振って、わたしとノアは並んで石畳の道を歩き始めた。

シュークリームの箱はエマさんが紙袋に入れてくれた。ノアがわたしの分も持とうとしてくれたけれど、わたしはそれを断って自分で持っている。

「いいのか？　それくらい俺が持つぞ」

「ええ、軽いから大丈夫。それに両手が塞がっちゃうでしょ」

「……あー、なるほどね」

ノアは合点がいったとばかりに口の端を上げると、紙袋を持っているのとは逆の手でわたしの空いた手を握ってくれる。

そうなんだけど。そうしたいと思ったから自分で袋を持っているんだけど。

「……何だか恥ずかしくなってきちゃった」

「なんでだよ」

可笑しそうにノアが笑う。恥ずかしいけれど手を離したいわけじゃなくて、わたしは繋ぐ手に、ぎゅっと力を込めた。応えるように、ノアも握り返してくれるのを嬉しく思う。

「今日もご飯が美味しくて幸せ」

「あのパイも美味かったな」

「ヤギのチーズのやつね。ちょっとクセがあるけれど、それがエールに合うんだから不思議だったわ」

「今日もだいぶ飲んでいたが……心配するまでもねぇか」

「ひどい。でも平気だから何も言えない」

　軽口に心も弾んでいく。

　触れ合ったり距離が近くなったりしても、わたし達のこういう会話は変わらない。それを嬉しく思うのは、きっとわたしだけじゃないだろう。

「ねぇ……忙しくなるでしょう？　会えないわけじゃないって、そう言ってくれたけど……体に気を付けてね。無理だけはしないで欲しいの」

「おう。多少忙しくなったって平気だが、お前に会えないのは辛い。だけど今回は王都を離れるわけじゃねぇしな」

「そうね、王女様の視察先も王都の中ばかりだって館長が言っていたわ」

「ああ、だから何かあったらいつだって言って欲しい。任務についていない時は詰所に居るから、遠慮すんなよ」

「ありがとう」

　夜の風が柔らかい。

　もう少ししたら暑くなってくるのだろうけれど、頬を撫でる風はまだひんやりとしていて気持ちが良かった。

　繋いだ手だけが、熱を持っている。

「それから……使節団は結構な大所帯になるらしい。まぁ文官やら侍女やら兵士やらを連れてくるから当然っちゃ当然なんだが。街への人の出入りが多くなると思うが、知らない奴についていくなよ」

「そんな、子どもじゃないんだから大丈夫よ」

　街を外れて住宅街にさしかかる頃、ノアが不意に足を止めた。

　つられるようにわたしも立ち止まると、繋いでいた手が解かれてしまう。

　ノアは眼鏡を外すと、それで前髪を留めるように頭に載せた。露《あら》わになる夕星の瞳が熱を帯びてわたしを真っ直ぐに見つめている。

「心配なんだよ」

　真摯な声に、茶化す事なんて出来なくて。わたしはただ、頷く以外なかった。

「大丈夫。誰にもついていかないし、いつも通りに過ごしているわ。何かあったら詰所に向かうし、ノアの事も頼らせて貰う。……ノアもよ？」

「俺？」

「……王女様とか、侍女の人とか、いっぱいいるだろうけど……あんたにはわたしが居るって、忘れないでよね」

言ってから、これじゃあ嫉妬だと気付いてしまった。

まだ会ってもいない人に嫉妬なんて、と思ったその瞬間——わたしはノアに片腕で抱きしめられていた。

「可愛いこと言うなよ」

「……物好き」

悪態も、こんなに甘い声だったら意味を成していないだろう。自分でもそう思うくらいに、ノアへの想いがわたしの声に載っている。

「そんな俺も好きだろ？」

低く笑うノアの姿に眩暈《めまい》がしそう。

答えを言葉にする暇もなく、わたしの口はノアの唇で塞がれていた。

第一章　心は傍に

あまりりす亭の夜から数日。週が変わって、アンハイム王国の使節団がやってきた。

その日は朝から皆がそわそわしていて、まぁ……わたしもその一人だったのだけれど。

関係が無いと思っていたブルーム商会も数日前から何かと慌ただしかったらしい。疲れたような父と兄の様子に、母と顔を見合わせてしまった。

聞けば使節団を迎える為の準備品の注文がなかなかに細かいものだったそうで。今までにもこういった他国の人が用いる品の注文を受けた事はあったけれど、ここまでの細かさでは無かったというのだから、何か事情があるのかもしれない。

そうなると心配になってくるのはノアの事だ。

護衛任務にあたると言っていたけれど……大丈夫だろうか。ノアが言っていた『嫌な予感』が頭をよぎった。


「アリシア、いらっしゃるみたいよ」

もうすぐでお昼休みになろうかという時の事だった。

本を載せていたワゴンを元に戻したらちょうど休憩の時間になるだろう。そう思っていたわたしのところに、ウェンディがやってきてそんな言葉を口にした。

「使節団の方々ね。わたし達は外に出なくていいのよね？」

「ええ、館長達が外で出迎えるみたいよ。わたし達はお昼に上がっていいって」

本棚の間からカウンターを覗《のぞ》いてみれば、交代の司書の子が座っている。

それならワゴンを戻して、早めに食堂に向かう方がいいだろう。そう思っていたら、音楽が聞こえてくる事に気付いた。

ウェンディにも聞こえていたようで、二人で首を傾げてしまう。

どうやら外で響いているようだ。窓に近付いてみると王宮に続く道の両端には使節団を見ようと集まった人達や、出迎える為に外に出ている館長達や文官の方々がいた。護衛にあたっていない騎士の方々も整列しているようだけど、そこにノアの姿はない。この後の護衛の中にいるのだろう。

道の向こうから音楽が近付いてくる。

現れたのは楽団だった。規模は小さいながらも、美しい音楽を奏でる彼らは、足並みを揃《そろ》えて進んでいる。

「……楽団をお連れになっているのは珍しいわね」

「初めてだと思う。アリシア、見て。後ろに居るのが王女様じゃないかしら」

楽団の後ろにはアンハイム王国の国旗を振る兵士。その他にも槍《やり》を手にした兵士が居て、守られるようにして歩いているのが、ウェンディのいう通り王女様なのだろう。

淡い金髪が陽に透かされてきらきらと輝いている。口元に笑みをたたえて手を振るその姿は、まるでお人形のように美しかった。

「綺麗《きれい》な方ね」

「ええ、とっても。お輿《こし》入れが決まっていて、これがアンハイム王国王女としての最後の外遊になるらしいわよ」

「そうなの。素敵な思い出を作って貰《もら》えたらいいわね」

ウェンディの教えてくれる情報に頷《うなず》きながら、その一団にまた視線を戻した。

王女様の後ろに続く女性たち。その後ろにも人が列をなして歩いている。中々に大規模な使節団のようだった。

「あら、もうお昼の時間ね。使節団の到着と重なるから、鐘が鳴らないのを忘れていたわ」

「わたしはワゴンを戻してくるから、先に行っていて」

「分かったわ」

腕時計に目をやると、確かにお昼の時間を少し過ぎている。まだ外では楽団の美しい演奏が続いているけれど、それもゆっくりと遠ざかっていくようだった。

急いでワゴンを戻して食堂に向かうと、席についていたウェンディがわたしの分も昼食を準備していてくれた。

「ありがとう、ウェンディ」

「気にしないで。さ、早く食べちゃいましょ」

今日のメニューはロールパンに白身魚のバジルソース、夏野菜のサラダとかぼちゃの冷製ポタージュ。

祈りを捧《ささ》げてからまずはスプーンを手に取った。綺麗なオレンジ色をしたポタージュにスプーンを沈ませる。口に運ぶとほんのり甘くて、とっても滑らかだった。濃厚なのに、後味がさっぱりしている。これはパンを浸して食べても美味しそうだ。

「そういえば護衛任務の件は聞いた？」

パンをちぎりながらウェンディが問いかけてくる。それに頷きながら、今度はソテーされた白身魚を切り分けた。ナイフを入れると皮目がパリッと香ばしく焼かれているのが伝わってくる。

「ええ、しばらく忙しくなるって。団長も忙しいんでしょう？」

「騎士団も護衛の任務にあたるから、やっぱり仕事量は増えるみたい」

「何もないといいわね」

「やだ、不穏な言い方ね。何かあった？」

ウェンディがくすくすと笑みを漏らしながら紡いだ言葉に、わたしは目を瞬《しばた》いていた。

自分でも気付かないうちに、不安が心を満たしていたのかもしれない。一口大に切り分けた白身魚を口に運べず、わたしはカトラリーを置いていた。

「……ノアがね、嫌な予感がするって。それに引《ひ》き摺《ず》られているのかもしれない」

「そうだったの……。でもきっと大丈夫よ。二週間の任務だし、王都を離れるわけじゃないわ」

「そうよね。前みたいに会えないわけじゃないし……ふふ、ちょっと気にしすぎていたかもしれない」

そう言葉にしながら、自分でも大きく頷いた。

ノアだけで護衛任務にあたるわけじゃないって本人も言っていたし、交代制だから休めないわけじゃない。忙しくなるといっても、会えないわけじゃないんだもの。そう、少し気にしすぎていただけ。

水で満たされたゴブレットを持ち、口に寄せる。冷たい水を飲んだら少し落ち着いてきたかもしれない。

再度カトラリーを手にしたわたしは、切り分けたままだった白身魚を口に運んだ。バジルの香りが爽やかに広がって、淡白な白身魚によく合っている。うん、美味しい。

バジルソースにはチーズも混ざっているようだ。コクを感じるのはそれも一因だろう。

「ねぇ、そんな事より、もう準備は進んでいるの？」

ウェンディが話題を変えてくれる。その気遣いに感謝しながら、わたしは笑みを深めていた。手にしたロールパンは艶々で綺麗な焼き色がついている。それを小さく千切りながら口を開いた。

「やっとドレスのデザインが決まったところなの。うちの母とアインハルト家のお母様が選ぶのを手伝ってくれて、何とか決められたわ。でもそれに合わせるお飾りを選ぶのに、また苦労してる」

「あら、お飾りは紫色でしょう？」

「それは、そう……なんだけど」

紫に星を落としたような金の瞳孔。夕星《ゆうつづ》のようなノアの瞳の色を纏《まと》いたいと願って、お飾りの色だけは決まっている。

でも改めてそう問われると何だか恥ずかしくなってしまって、わたしはパンを口に押し込んだ。

そんなわたしを見てウェンディが朗らかに笑う。いつもと同じようなのに、やっぱり少し違う表情。幸せが形を成しているようなそんな笑みに、わたしの心も弾んでいくようだった。

もやもやと巣くっていた不安は、どこかに消えていった。

＊＊＊

ノアが早上がりだったら一緒に帰って、いつもみたいに美味しいものを一緒に食べて。ゆっくり歩きながらお喋《しゃべ》りしたり、お休みの日は新居の話を進めたり。

そんな風に過ごそうと思っていたのに……使節団が来てからの一週間でそれが叶《かな》う事はなかった。

『会えないわけじゃない』なんて言っていたのに。『悪い予感がする』なんて、そっちの言葉の方が当たってしまった。

ノアに会えない。

姿は見ているのだ。王女様の側《そば》には、いつもノアが居るのだもの。

視察で街に出掛ける為に王女様が馬車に乗り込む時も、王宮内をお散歩されている時も。他の騎士の方達は列を組んで控えているのに、ノアだけが王女様の隣に居る。

数人で隊を組んで、交代で護衛任務にあたるのではなかっただろうか。ノアはそんな事を言っていたけれど……事情が変わったのかもしれない。

ウェンディも気遣ってくれるけれど、わたしはただ笑って見せる以外出来なかった。


仕事が終わって、その足で騎士団の詰所へと向かった。ノアが居るかもしれないし、居なくても次のお休みがいつなのかを聞けるかもしれない。

わたしがノアの婚約者だというのは皆が知っているから、お休みの日などを聞いても問題ないと言われている。心にもやもやとした感情を抱えながら、詰所の門番に声を掛けると気の毒そうに眉を下げられた。

「アインハルト殿は……」

申し訳なさそうに口籠もる様子に、ノアは不在なのだと分かった。まだ王女様の護衛をしているのだろう。

ここでごねて、何を言ったって、この人を困らせるだけだ。わたしはにっこり笑ってみせながら、気にしていないとばかりに頭を下げた。

帰ろう。

そう思って踵《きびす》を返した時、こちらに向かって走ってくる足音が聞こえた。誰だろうと振り返ると、駆け寄ってきていたのはわたしも知っている騎士の方だった。

彼はラルス・ヴォルツナー。

ノアの同僚であり、友人である。ノアに紹介して貰ってから、ラルスさんが声を掛けてくれる事も増えたように思う。

「アリシアちゃん、ちょっといい？」

「ラルスさん……」

わたしが居ると聞いて、急いで来てくれたのだろう。その額には薄く汗が光っている。

短く整えた赤い髪と同じ色の瞳が、心配そうに翳《かげ》っているようにも見えた。

「アインハルトの事なんだけど、事情を説明しておいた方がいいかと思って」

その言葉に、胸が痛んだ。

きっとその事情は……わたしにとって、良くない話だ。そんな予感がしたから、肩に掛けていたバッグをぎゅっと握り締めて小さく頷いた。心臓が騒がしくなって、呼吸が浅くなっていく。

そんなわたしを見て苦笑いをしたラルスさんは、こっち……と、門から少し離れた場所へと誘導してくれた。

詰所を囲う高い柵の側、外灯が道を照らす明るい場所でラルスさんが口を開く。

「使節団の護衛任務にあたってるっていうのは知っていると思うんだけど。あー……何ていうか、えぇと……ちょっと言葉を選べないんだけどさ。……アンハイムの王女様がアインハルトを気に入っちまって」

予想外でもあり、ある意味では予想通りの言葉だった。

「護衛には絶対アインハルトを入れてくれって我儘《わがまま》を言われてさ。あいつ、毎日護衛任務についてるんだよ」

「そう、なんですか……」

「団長も上に掛け合ってるんだけど、あと一週間だから我慢してくれって言われてて。アインハルトが解放されるのは王女様が寝室に入る夜更け頃でさ、宿舎に戻るのもすげー遅い時間なんだ。朝は早くから出ないといけないしね」

思っていたよりも過酷な状況に、ノアの事が心配になってしまう。

それに……王女様がノアを気に入っているなんて。彼がどれだけ目を引くかなんて分かっているし、彼の心を怪しむつもりもないけれど……でも、もやもやする。

うまく言葉にする事ができないこのもやもやが、気持ち悪い。

わたし……うまく笑えているかしら。

「ブルーム嬢」

不意に掛けられた声に顔を上げると、こちらに近付いてきていたのはラジーネ団長だった。金髪を後ろでひとつに結び、今日は肩マントをつける事無く騎士服の姿だった。

「ラジーネ団長、お疲れさまです」

「うん、ブルーム嬢もお疲れさま。……ヴォルツナーから聞いたと思うんだけど、すまないね、君達には不便をかける」

「いえ、お仕事ですから」

そう、お仕事なのだ。わたしがここでもやもやしていたって、仕方がない事。

自分に言い聞かせても、気持ち悪さが遠ざかる気配はない。もう少し時間が必要なのかもしれない。

「王女殿下の輿入れが決まっているというのは知っていると思うけれど、最後に思い出を作りたいと泣かれたそうでね。アンハイム側から強く頼まれて、上も否とは言えなかったみたいなんだ。過度な接触がないようにこちらでもしっかり見ているから、そういう面では安心してほしい。他の騎士もいるし、二人きりになる事は絶対にない」

「……はい。ありがとうございます」

ゆっくりと息を吸い込んで、わたしは先程までよりも穏やかに笑えていたと思う。二人が困ったように眉を下げるから、もしかしたらまだ固かったかもしれないけれど。

ラルスさんとラジーネ団長に見送られながら、わたしは帰路についた。今日は迎えを頼んでいないから、のんびりと歩いて帰るつもりだ。

見上げた空はもうすっかり夜の色。

夏の匂いを纏《まと》い始めた柔らかな風がわたしの髪を揺らしていった。

気持ちの良い夜なのに、わたしの気持ちは沈むばかりだ。あと一週間の我慢だと思うのに、まだ一週間もあると思ってしまう。

会えないだけが辛いんじゃない。ノアが……王女様の側にいるのが辛いのだ。王女様の気持ちに恋慕がなかったとしても、思い出作りだとしても。それでも……辛い。

「……これじゃ、ただのヤキモチだわ」

もやもやとした気持ちの正体に、もう気付かない振りも出来なかった。

お仕事だって分かっているから、こんなヤキモチを覗かせるのは違うだろう。それは分かっているけれど、目の奥が熱くなってくる。

浮かんだ涙を指先で拭って、家までの道を足早に歩んだ。

伸びる影もひとりぼっち。寂しそうにしていた。


「アリシア、一週間くらい仕事を休んだらどうだい？」

「え？」

夕食を終えて、自宅の居間でお茶を楽しんでいた時だった。

心配そうな兄の声に顔を上げると、父も母も同じような眼差しをわたしに向けている。それが何を心配しているかなんてすぐに分かってしまって、わたしは眉を下げてしまった。

「お祖父《じい》様に会いに行くのはどうかしら。もちろん、私と一緒に」

隣に座っていた母がポットを手にして、わたしのカップに紅茶を注いでくれる。カンパニュラの絵が描かれたガラスのポットと、お揃いのティーセットは母のお気に入りのものだ。

紅茶を飲み干していた事にも気付かなかった。随分ぼんやりとしていたみたいで苦笑が漏れる。

「……大丈夫よ、あと数日だもの」

そう、あと五日。

もうすぐで外遊の日程も終わるから、ノアが護衛任務につく事もなくなるもの。だから……このもやもやとした嫉妬に付き合うのも、あと少し。

「兄さん達の耳にも届いていたのね」

「うん……まぁ、ね」

「どんな話を聞いているの？」

ふと浮かんだ問いを口にすると、皆の顔が更に曇った。……わたしが知らないだけで、もしかしたら物凄《ものすご》い噂《うわさ》が広まっているのかもしれない。真偽は、ともかくとして。

「昨日は王家主催の夜会が開かれたが、王女殿下をエスコートしたのはジョエル君だそうだ」

「あなた！」

低い声で父が言葉を紡ぐ。咎《とが》めるような母の声に、父は首を横に振って大きな溜息《ためいき》をついた。

「隠しても仕方がないだろう。いつかは耳に入る事だ」

「でも……」

夜会でのエスコート。それは……護衛の仕事なの？

何だか泣いてしまいそうで、紅茶のカップに視線を逃がした。綺麗な琥珀《こはく》色で満ちたカップを両手に包み、ふぅふぅと吹き冷ます。もうそんなに熱くないのは分かっているけれど。

「……王女様は思い出が欲しいと泣かれたって。だから、この外遊さえ終わればきっと大丈夫よ」

そう、思い出作りだ。

だから大丈夫。ノアが王女様のところに行ってしまうなんて、ない。大丈夫。……大丈夫。

そんな事を思いながら口にした言葉は、自分に言い聞かせているようで滑稽だった。

「何が思い出作りだか。大体、あの王女様は我儘なんだよ」

「クラウス」

「だって本当の事だろう。うちがそれでどれだけ迷惑を被《こうむ》ったか」

苦々し気に兄が溜息をつく。そんな兄を咎めた父も、同意するかのように深く息を吐いた。

そういえば使節団を迎えるにあたって、うちの商会からも色々納品したはずだけど……細かい注文が多かったと言っていただろうか。

「こっちは注文通りに納品してるのにさ、王女様の気分次第で別のものを要求されて。そんな事の繰り返しで……出来れば僕はもう関わりたくないね！」

「そんなことを他所で言うなよ」

「そんなバカな真似はしないよ。でも、王女様の我儘を許している周りもおかしいと思うけどね」

王女様がそんな人だというなら、傍に居るノアは大変な思いをしているんじゃないかしら。

もやもやする気持ちは消えないし、朝早くから夜遅くまでお仕事をしている彼の事を心配に思う。

「アリシア、あなたの言う通りあと数日よ。それを耐えたらいつもの日常が戻ってくるけれど……その数日が辛いものになるかもしれない。だからね、騒がしい王都を離れるのもひとつの選択肢なの。考えておいて頂戴ね」

優雅な手付きでカップをソーサーに戻した母が、優しく微笑《ほほえ》みかけてくれる。その声にまた何か込み上げてきてしまいそうで、紅茶を飲んで誤魔化した。

きっと王都を離れた方が楽になれるのだ。好き好んで王女様と一緒に居るノアを見る必要はない。皆の言う通りにした方が良いって、分かってる。

でも……ノアも頑張っているのだもの。わたし一人だけ、楽な方へ逃げる事は出来なかった。辛い思いをするとしても、会えないとしても。

仕事に行けばウェンディも気遣ってくれる。

わたしの心に寄り添ってくれるけど、零《こぼ》したってどうにもならないこの気持ちは、わたしの中に抱えておく以外にないのだ。

言っても解決する事ではないし、待っていれば過ぎ去るものなのだから。大丈夫、とわたしが言う度にウェンディの瞳が曇ってしまうのは分かっていたけれど。でもそれ以外に言葉が見つからなかった。

そんなもやもやとした気持ちに飲み込まれそうになっていた時だった。

「アリシアちゃん」

明るい声がわたしの名前を呼ぶ。

返却された本を元の棚に戻す作業をしていたわたしは、掛けられた声に振り返った。そこにいたのは、にこにこと朗らかな笑みを浮かべるエマさんだった。

「エマさん。本を借りにきたの？」

「ええ、前にアリシアちゃんに勧めて貰った本の続きが気になっちゃって」

「あの恋愛小説ね。同じ作者さんで別シリーズもあるのよ」

「だめよ、今のお話を読み切ってからにしないと。時間がいくらあっても足りないわ」

両手を挙げて肩を竦《すく》める様子に笑みが漏れた。

お店の外で会う時も、エマさんはいつだって明るい。わたしの好きな笑顔で応えてくれて、彼女が居るだけでその場が華やぐようだった。

でも、今は少し悲しい。エマさんを見ると、やっぱりあまりりす亭でノアと過ごした時間を思い出してしまうから。

目の奥が熱くなるのを瞬きで逃がしていたら、エマさんが眉を下げた。

わたしの肩をぽんぽんと叩《たた》いてから、腕時計で確認する。

「ね、今日のお昼休みって予定はある？」

「え？　特には……」

「じゃあ一緒にお昼ご飯を食べましょうよ。外に出られる？」

「ええ、それは大丈夫だけど」

「良かった。じゃあ十二時に門の前で待ち合わせしましょ。後でね～」

エマさんは本を片手に、逆の手で大きく手を振るとその場を去っていく。

その賑《にぎ》やかさに救われて、また笑みが浮かんだ。

お昼に外に出るのは久し振りだ。食堂に行くと耳にしたくない事も聞こえてしまうから、ちょうど良かったのかもしれない。

目尻を指先で拭ってから、わたしはまた本を戻す作業へ戻った。ワゴンに積まれた本はまだまだ沢山あるのだもの。これを片付けて、その次は……。

窓近くにある本棚に向かってワゴンを押していると、賑やかな声が聞こえてくる。何だろうと思って外を見ると、華やかな一団が図書館前の道を歩いているのが見えた。

陽に透ける金髪が美しい、王女様。微笑みが向けられているのは、そのすぐ隣を歩む——ノア。

絵画のように美しいその二人を見てしまって、胸の奥が苦しくなった。

もう、見ている事なんて出来なかった。


お昼休みを迎えて図書館を出ると、既にエマさんは門の前に立っていた。紙袋を片手に抱えて、逆の手を大きく振ってくれる。その明るさに笑みが零れた。

「待たせてしまった？」

「あたしも今来たところよ。さ、行きましょ！」

どこに行くのだろうと思いながら、わたしはエマさんと共に歩き出した。

何となく周囲を窺《うかが》ってしまうのは……使節団を見たくないから。ううん、違う。王女様と一緒に過ごすノアの姿を見たくないからだ。

彼に会いたいけれど、でも……二人が並んだ姿を見るのは怖い。

幸いにもアンハイムの人達に会う事はなかった……というか、随分と人通りが少ないような気がする。この先にあるのは公園だけど、大通りではなく裏道を歩いているからだろうか。

……もしかしたら、これはエマさんの気遣いなのかもしれない。そう思うと、また泣きたくなってしまって。随分と涙脆《もろ》くなってしまった自分に溜息が漏れた。

「今日はピクニックよー！　この後お仕事じゃなかったら、ワインの一本や二本も空けたいところなんだけど」

「ふふ、確かにお外でワインを飲むのも楽しそう。お天気もいいし過ごしやすいわ」

公園の端っこ、芝生の上に敷物を広げたエマさんが座るように促してくる。エマさんの隣に腰を下ろして見上げた空は、吸い込まれる程に深い青色をしていた。薄く掛かる雲は水で伸ばした絵具みたい。

夏の気配を感じさせながらも、木陰を選んでいるからか暑くはない。抜けていく風が爽やかに、緑の匂いを運んでいった。

「あたしとしてはワインも持ってきたかったんだけど、うちの人に止められちゃって。美味しい白ワインが入ったから、今度飲みに来て頂戴」

「ええ、必ず行くわ」

「ありがとう。ワインの代わりに準備をしてきたのは桃のアイスティーなの。で、こっちがあまりす亭特製ランチよ」

はい、と渡された小さな木の箱を受け取った。木目も美しい四角い箱の蓋を開けてみると、くるくると巻かれたクレープが綺麗に並んでいる。色が濃いものもあるから、ガレット生地もあるようだ。

「わぁ、可愛い」

「味も抜群なんだから。食べましょう」

にこにこと笑いながらエマさんが木製のカップを渡してくれる。ふわりと桃の甘い香りがするそれを覗くと、カップの中の紅茶には小さく切った桃が沈んでいた。

ランチを膝の上に載せ、カップを一度敷物の上に置く。カップは底が広いから、こぼさずにすみそうだ。

両手を組んで祈りを捧げるけれど、やっぱり早口になってしまうのはご愛嬌《あいきょう》ということで。早速クレープのひとつを手に取った。

綺麗な薄黄色の生地に包まれているのはレタスと鶏肉に、茹《ゆ》でた卵を刻んだもの。トマトソースの赤がとても綺麗。

あまり大きく作られてはいないから、口に入れやすい。一口食べてみると、酸味の強いソースと甘いクレープ生地、それから柔らかい鶏肉がとても美味しかった。

「美味しい」

「良かった。たまには外で食べるご飯もいいわねぇ」

「ええ、とっても気持ちがいいわ」

明るい雰囲気に、今だけはもやもやとした気持ちも消えてしまいそう。

きっとエマさんもノアの件を知っているのだと思う。それでわたしを元気づけに来てくれたんじゃないか……なんていうのは、自惚《うぬぼ》れだろうか。

「エマさん……ありがとう」

「ん？　あたしはただアリシアちゃんとご飯を食べたかっただけよ。でも……話したい事があったら何でも聞くわ」

ふたつめのクレープに手を伸ばしながらエマさんが笑う。それがいつもありりす亭で見るのと同じ優しい笑顔だったから、何だか我慢が出来なかった。

浮かんだ涙が頬を伝って落ちていく。家族の前でも我慢は出来たんだけどな。エマさんの優しい雰囲気が、そうさせるのかもしれない。それに……ノアと過ごした時間を思い出してしまうから。

「……エマさんも、ノアと王女様の噂話は知っていると思うんだけど」

「まぁねぇ」

指先で涙を拭ってから、次のクレープへと手を伸ばした。ガレット生地のそれは、口元に寄せるとふんわりと香ばしい。中にはボイルされた海老とチーズが入っているようだ。

「あと数日で王女様は帰国なさるから、それまでの我慢だと分かっているんだけど……もやもやしてしまうの。会えないのも辛いし、王女様の側にいるノアを見るのも嫌なの」

エマさんは頷きながら話を聞いてくれている。赤い大輪の花の髪飾りが風に揺れた。

「ノアの気持ちを疑うわけじゃない。そういう人じゃないって、分かっているもの。それでも何だか不安になるし。周りの人がノアに対してどんな気持ちを抱いているのか……そんな事を考えたら余計にもやもやしちゃう。……本当は、お仕事なのにヤキモチを焼いちゃう自分も嫌。もっと大らかに、気にしないでいられたらいいのに」

「嫉妬しちゃうなんて当たり前でしょ。仕事だろうが何だろうが、恋人の側に他の女が居て、いい気分になるわけないわ」

強い口調に目を瞬いた。当然とばかりに言い切ったエマさんはわたしの額を指でつつく。

こんな気持ちになるのは、わたしだけじゃないのだろうか。

「それだけノアくんの事が好きっていう事でしょ。別にそのもやもやも嫉妬も、無くしてしまわなくてもいいじゃない。まぁ……それがあるから嫌な気持ちになってしまうのも、あるんだけれどね。昨日まで平気だった事も、今日になると辛くなる。そんな気持ちも恋の一面じゃないかしら」

恋ってそんなものよ。

エマさんの言葉が風に乗って消えていく。

そうだ。

わたしがこんな気持ちになってしまうのは、間違いなくノアの事が好きだからだ。

彼にはわたしだけを見つめていて欲しいし、わたしの傍に居て欲しい。優しい眼差しも、揶揄《からか》うような軽口も、抱き締めてくれる腕の温もりも、わたしだけに向けていて欲しい。

そして彼は――わたしだけにそれをくれるって分かっている。こんな独占欲だってきっと笑って

受け入れてくれるわ。

「……ありがとう、エマさん。なんだか少し、気持ちが楽になったかも」

「そう？　まぁあと数日だって言うし、ノアくんのお仕事が終わったらまたうちに飲みに来てね」

「ええ、必ず行くわ」

そうだ、あと数日なんだもの。ずっと自分に言い聞かせていたのに、ようやくそれをちゃんと理解出来たような気がする。

大丈夫。今なら胸を張って、そう言える。

安心したら何だか一気にお腹が空いてしまって、わたしはクレープにかじりついた。

酸味のあるソースが掛かっていて、海老の旨みとよく合っている。チーズはそれを邪魔しなくて、むしろまろやかにしているようにも思えるくらいだ。

二つ目をあっという間に食べ終えたわたしは、カップを手にして紅茶を頂いた。

桃の甘さが紅茶に溶けて、うん、これも美味しい。くどいような甘さではなく、爽やかに口の中をさっぱりとさせてくれるのは、紅茶が濃い目に淹《い》れられているからだろうか。

さて、次はどの味を……と思った時だった。

ランチを食べ終えたエマさんが、紙袋からおやつを取り出している。鳥の形に型抜きされたクッキーのようだった。

「いっぱいあるから、食べきれなかったら持っていってくれる？　小分けして包んであるから職場で配って貰えたら助かるわ」

「それは嬉《うれ》しいけれど……マスターは、今度はクッキー作りにはまっているの？」

「型を作るところから自分でやるくらい、入れ込んでるの」

型を？

そこまでやるのかと驚く半面、マスターならやりそうだと納得してしまう自分もいて。可笑《おか》しくなって笑ってしまった。

つられるようにエマさんも笑うから、賑やかな声が青い空に溶けていく。

ノアのお仕事が終わったら、この話もしよう。そんな風に思えるランチの時間だった。


お昼休みも終わりに近付いてエマさんと別れたわたしに、先程までの鬱々とした気持ちはなかった。

エマさんに話を聞いて貰えて良かった。きっと家族もウェンディも話を聞いてくれただろうけれど、わたしとノアを一番近くで見てきたのはエマさん達だから。場所こそあまりりす亭じゃないけれど、いつものエマさんの雰囲気に安心したのかもしれない。

小分けされたクッキーが大量に入った紙袋を腕に抱えて、図書館に戻るわたしの足取りは午前中とは打って変わって軽やかなものになっていた。

ノアの護衛任務が終わるまであと数日。終わったら二人であまりりす亭に行こう。わたしも愚痴って、きっとノアだって愚痴りたい事があるだろうからいっぱいお喋りをしよう。

そんな楽しい事を考えられるくらいに、気持ちが上向いている。

美味しいクッキーも貰ったし、これはウェンディには絶対に渡さなくちゃ。他の子や上司にも……それから騎士団にも持って行ったら、ノアにも渡して貰えるかもしれない。うん、今日は騎士団の詰所に寄ろう。

早足になった自分を内心で笑いながら、腕時計に目をやった。うん、大丈夫。午後の始業まではまだ余裕がある。

「あの……」

不意に掛けられた声に足が止まった。

そちらを見ると長い薄茶の髪を後ろでひとつにまとめた、眼鏡をかけた長身の男性が立っている。眉を下げ、見るからに困り顔だ。

「はい、どうかなさいましたか?」

この人は……アンハイムの使節団の方だろう。

着ている制服らしき衣装がアンハイム王国特有の刺繍《ししゅう》で彩られている。帯剣もしていないし鎧《よろい》姿でもないから、兵士ではなく文官としていらっしゃっている方かもしれない。

「すみません、図書館へ行きたいんですが道は合っていますか?」

「ええ。この道を進んで左に曲がり、門を越えた先にあるのが図書館です」

「ああ、良かった。恥ずかしながら道を覚えるのが苦手でして……」

「わたしは図書館の職員なんです。宜《よろ》しかったらご同行しましょうか？」

「いいんですか？　ぜひお願いします！」

困っていた顔から一転して明るい笑顔になる。眼鏡の奥で緑の瞳がきらきらと輝くのが分かった。それだけ困っていたのだろう。

つられるようにわたしも笑みを零しながら、こちらです、と足を進めた。

「この国の図書館は蔵書数が物凄いから、必ず行った方がいいって上司に言われましてね。休みが取れてやっと来られたんですが、辿《たど》り着《つ》けないかと思いました」

「そうだったんですね。お手伝い出来る事があれば、いつでも声を掛けて下さい」

「ありがとうございます！」

本が好きなのだろう。逸《はや》る気持ちを抑えられないようで、段々と急ぎ足になっているようだ。一緒に歩くわたしは半ば駆け足になっているのだけど、それは不快ではなかった。

限られたお休みの中で、図書館に来るのを楽しみにして下さっていたのだもの。早く本を読みたいだろうし、その気持ちはよく分かる。

分かれ道で右に行きかけたり、違う建物に入ろうとするのを止めて誘導したりと、中々大変ではあったものの何とか図書館には辿り着けた。道を覚えるのが苦手……と言ってらしたけれど、その言葉に間違いはないようだった。

図書館に入って嬉しそうに体を震わせているのを見ると、こちらまで嬉しくなってしまう。

「ありがとうございます、ええと……アリシアさん。僕はヨハン・エーリッツといいます」

「アリシア・ブルームです。また何かありましたら、いつでもお声掛け下さいね」

名札を読んだのだろうヨハンさんに、自分も名乗る。

ヨハンさんはひとつ頭を下げると、周囲を見回して感嘆の声を漏らしながら本棚の向こうへと消えていった。

さて、わたしもお仕事に戻らないと。

一足先にカウンターに戻っていたウェンディがわたしの顔を見て驚いたように目を瞬く。それから安心したように表情を和らげるものだから、午前中のわたしは余程ひどい顔をしていたみたいだ。


集中して仕事に向き合えたからか、終業時間まではあっという間だった。図書館の鍵を閉めてから、すぐにウェンディ達にクッキーを配ったらとても喜んでくれた。

それから急いで帰り支度をしたわたしは、ウェンディに挨拶をして更衣室を飛び出した。騎士団の詰所に行ったって、ノアには会えないと分かってはいるのだけど。

バッグから覗くクッキーの包みには小さなメモを添えてある。

ほんの一言、【体に気を付けてね】なんて可愛げもない言葉だけど……本当に、忙しい彼の事が心配だから。

図書館の建物を出ようとした、その時だった。

急に現れた人影にぶつかりそうになって、慌てて避ける。

「アリシアちゃん！　ちょうどよかった！」

息を切らせたラルスさんが、わたしの顔を見てほっとしたように息をつく。随分急いでいたみたいだけど、何があったのだろう。

「わたしに用事ですか？」

「うん、ちょっとこっちに来て！」

わたしの腕を掴《つか》もうとした手は宙で止まる。わたしと距離を取ったラルスさんはその手でわたしを招くから、それについていく事にした。

「いやー……危なかった。アインハルトに殺されるところだった」

「えっ？」

「ただでさえイライラしてんのに、俺がアリシアちゃんに触ろうとしたなんて知られたらやばかったね」

あははと、ラルスさんは軽く笑うけれど、わたしは目を瞬いていた。

わたしに触れるはともかくとして……。

「ノアは大丈夫ですか？」

「大丈夫じゃないんじゃないかなー。ただでさえ普段は表情を出さない男だけどさ、仮面でも被《かぶ》ってんのかってくらいの無表情。あれはだいぶきてるね。近付きたくねぇもん」

「そうなんですか……」

そんな事を話しながら、わたしが連れていかれたのは医務室だった。

何があるのかと問う前に、中に入るように促される。首を傾げながら大きく扉を開けたら、腕を強く摑まれて引き寄せられた。そのまま腕の檻《おり》に閉じ込められる。扉の閉まる音がどこか遠くで聞こえた。

苦しいくらいにきつく抱き締められて、震える吐息が耳を擽《くすぐ》って。これが誰なのかなんて、目を閉じたって分かってしまう。

「……ノア」

「会いたかった……」

掠《かす》れた低い声に、彼の気持ちが溢《あふ》れている。

両腕を背に回してわたしからも抱き着くと、もっと強く抱き締められて――涙が零れた。

涙に濡《ぬ》れた顔を上げると、ノアがわたしを見つめてくれていた。夕星の瞳に映っているのはわたしだけで、それを何だか無性に嬉しく思う。

低く笑ったノアが指先で、わたしの目元を拭ってくれる。その優しい仕草にまた涙が溢《こぼ》れる。離れたくない。

「悪《わり》ぃ、思ってた以上に会えなかった」

「ううん……事情は聞いているから。大丈夫？　朝早くから遅くまで任務についているって」

「ああ。体力的に辛いとかはねぇんだが、お前に会えないのは辛かった」

「……それは、わたしも一緒だったわ」

真っ直ぐな言葉が胸に響く。ノアが本当にそう思ってくれていると、伝わってくる。

もう充分過ぎる程に体を寄せているのに、もっと触れたくなって抱き着く腕に力を込めた。

嬉しそうに笑ったノアが、わたしの髪に口付ける。髪から髪飾りへ、それから耳元のピアスを唇で揺らす。ささやかな音にさえドキドキしてしまうのも、きっとノアには伝わっている。

「朝から夜までずっと王女様と一緒だって聞いたけど？」

「ああ。何だか棘《とげ》がある声だな？」

「だって、もやもやするのは仕方ないでしょ。あんたの事が好きなんだもの」

「お前は……何だってこういう時間のねぇ時に素直になるかな」

だってやっと会えたのに、意地を張ったりしたって仕方がない。会えて嬉しい気持ちも、心配していた気持ちも、何もかもを伝えたくて――

紡ごうとした言葉は、呼吸と一緒にノアの唇に吸い込まれた。触れ合う唇から、彼の熱が伝わってくる。

抱き締める腕の力強さが、わたしを好きだと叫んでいる。

胸の奥が苦しくて、切なくて、縋《すが》るように抱き着く以外に出来ることなんてなかった。

ゆっくりと唇が離れていく。それでも間近に居てくれるノアの夕星が、色を濃くしていた。

わたしの髪に頬を擦り寄せる仕草が、いつもよりも幼く見えるのはやっぱり彼も疲れているのだろうと思う。

わたしがひとりでヤキモチを焼いてもやもやしている時、ノアだって辛くなかったわけがないのに。

「もう少しで任務も終わる。長い休みをもぎ取ってくるから、そうしたらお前とのんびりしてぇ」

「いいわね。エマさんが美味しいワインが入ったから、飲みに来てって言っていたわよ」

「あー飲みてぇ。……なぁ、俺が護衛任務につく事でお前に嫌な思いをさせてると思うんだが。俺はお前に顔向け出来ねぇような事は一切していないし、俺の心はいつだってお前の傍にある」

ノアの手がわたしの頬を包み込む。少し固い、剣を握り慣れた手が温かい。

真っ直ぐに見つめられながら紡がれた言葉はどこまでも真摯で、その言葉を疑うなんて欠片《かけら》ほども出来なかった。

「嫌な思いというか、ヤキモチは焼くけれど……ノアの気持ちを疑ってなんてない。会えないのが寂しくて、わたしじゃない人があんたの隣にいる事が嫌だっただけなの」

お仕事だって分かっているのに。

わたしの言葉に頷いたノアは、また触れるだけの口付けをくれた。口元が笑み綻んで、これは
——アインハルトという騎士ではなくて、わたしだけのノアの笑顔だ。

それが嬉しくて、またぎゅっと抱き着いた。

「そういえばよく抜け出してこられたわね。お仕事は大丈夫なの？」

「俺以外は交代制だからな、人手はあるんだ。今はラルスとぶつかった拍子に足を捻《ひね》ったから医務室へって抜けてきた」

そこまでしないと離れられなかったのか。

改めてノアの置かれている状況が過酷だと知って、心配で眉が下がってしまう。

「本当ならそのまま治療の為に休暇に入る……ってやるつもりだったんだが。そんな事を言ったら看病するって名目で軟禁されそうだって、ジーク王太子殿下が助言をくれてな。こうして少し抜け出す以外出来なかった」

「殿下もこの事を知っているの？」

「ああ。使節団を迎えるにあたっての責任者でもあるからな、今回の事にはだいぶ頭を痛めているらしい。アンハイム側にも掛け合ってくれてはいるが……うちの王太后様がアンハイムの出身で、カミラ王女殿下を殊《こと》の外《ほか》可愛がっているそうなんだ。その辺も絡んで中々難しいみてぇだな」

「そうなの……」

それならもう、あと数日を耐える以外にないのだろう。

わたしとしてもノアが軟禁されるだなんて考えたくもないもの。……嘘《うそ》。ちょっと考えてしまって、泣きたくなるくらいに辛い。

「でも上手く抜け出せて良かった。やっと会えたしな」

「わたしも……ずっと会いたかったから嬉しい。会いに来てくれてありがとう」

ノアがまたわたしをきつく抱き締めてくれる。ずっとこうして居られたらいいのに。

ここを出たら、またノアは王女様の護衛に向かわなければならない。やっぱり寂しいけれど……でも、うん。大丈夫。

——コンコンコン。

「アインハルト、そろそろ戻らないとやばいぞ」

扉の向こうから掛けられた控えめな声に、ノアは大きく舌打ちをしてから盛大な溜息をついた。

「行きたくねぇ」なんて呟《つぶや》くから、「行かないで」なんて言いたくなってしまう。

それを何とか飲み込んで、わたしはゆっくりと背に回していた手を離した。

「そうそう、忘れるところだった。今日はこれを届けに詰所に行こうと思っていたんだけど……マスターの作ったクッキーがあるの。エマさんがくれたのよ」

「ありがとう。早くお前とのんびり飯でも食えたらいいんだけどな」

「もう少しよ。お互い頑張りましょ」

宥《なだ》めるように声を掛けると、渋々といった様子で腕の檻が開かれた。そんなノアの姿を見られるのは、わたしだけなんだろう。

バッグから取り出したクッキーを受け取ったノアと、手を繋《つな》いだ。扉までの短い距離でも触れていられるのは嬉しい。

ノアが扉を開くと、凭《もた》れ掛《か》かっていたのかラルスさんが倒れ込みそうになっている。よろけてもすんでのところで持ちこたえたラルスさんは、まじまじとノアを見つめてから、何やらにやにやと笑いだした。

それに気付いたノアが怪訝《けげん》そうに眉を寄せる。

「何だ」

わたしに向ける声じゃない。アインハルトとしての、固い声。

「いやぁ？　随分と柔らかい顔になったなぁと思って」

「当然だろう」

「あ、そうですか……」

二人の掛け合いが面白くて、思わず笑ってしまう。そんなわたしの頭をぽんと撫《な》でてから、ノアは一歩足を進めた。

「アリシア、また」

「ええ。お仕事頑張ってね」

肩越しに微笑みかけてくれるノアと、大きく両手を振っているラルスさんを見送ってからわたしも帰る事にした。

外に出て、見上げた空はもう夜の色。風に宿る夏の気配を大きく吸い込んでから、わたしは足取りも軽く帰路についた。

第二章　想いが溢れて

「そういえば、あのアンハイムから来ている文官さん。毎日図書館に通ってきているわね」

混雑するお昼時の食堂で、わたしと昼食をとっていたウェンディが思い出したように口にする。

それに頷《うなず》きながら、わたしはふわふわとした白パンを一口大に千切って、ブルーベリーのジャムをたっぷりと載せた。パンが青紫に染まっていくのがとても綺麗《きれい》。零《こぼ》さないように気を付けながら口に運ぶと、程よく残った果肉も美味しい。

「蔵書が凄《すご》いから見てきたらいいって、上司に言われたと言っていたけれど。気に入って下さったみたいで嬉《うれ》しいわね」

「そうね。昨日は館長と宗教学について語っていたそうよ。館長もご機嫌だったもの」

あの時迷子になっていたヨハンさんは、暇さえあれば図書館に通ってきているらしい。その姿を図書館で見ない日がないし、いつも山積みの本を両手に抱えている。これも視察の一環ですから、と朗らかに笑っていた。

すっかり職員とも顔馴染《かおなじみ》になっていて、特に館長はヨハンさんと語り合うのを楽しみにしているようだ。

ゴブレットで水を飲み、一息ついたわたしは改めてテーブルの上に目を落とした。

今日は白パンにブルーベリージャムが添えられている。これはとても美味しかったから、家でもドロテアに作ってもらおう。ドロテアの作るイチゴのジャムは美味しいから、きっとブルーベリーでも美味しく作ってくれるはず。

それからチキンソテー、野菜のクリームスープ。デザートにはチョコレートムースが添えられている。

切り分けた鶏肉を口に入れると、レモンの爽やかな香りが口いっぱいに広がった。鶏の旨みとバターソースがよく合っている。ソースにもレモンが使われているようで、くどくなくさっぱりと仕上がっていた。

「それにしても……まさか、使節団の滞在が延びるとは思わなかったわね」

深い溜息《ためいき》をつくウェンディの様子に、わたしも苦笑をするしかなかった。

使節団の滞在は三日前で終わる予定だった。予定は二週間だったから。

それが……まさか延びる事になるなんて誰が思っていただろう。しかもアンハイム側からの要望ではなく、王太后様からのお話で延びたというのだ。何でも王太后様が近々パーティーを開くから、それに参加して欲しいと願ったそうで。

王太后様は縁戚の王女様が可愛くて仕方がないと聞いたから、一緒に居たいのだと思う。王女様が輿入《こしい》れなさったら、中々会えなくなってしまうだろうし。

「でも良かったわ。アインハルト様が護衛任務から外れる事が出来て」

「皆さんが配慮して下さったおかげよ。団長も大変だったんでしょう？」

「元々アインハルト様に負担を掛けすぎてしまったんだもの。遅すぎたくらいだって申し訳なく思っていたわよ」

「ふふ、ありがたいわ」

そう、ノアはやっと護衛任務から外れる事が出来たのだ。

予定をしていた別任務にあたるという事で、日中は王都外に出ているそうだ。王都に戻ったら夜は護衛をして欲しいという王女様のお願いも、次の日の任務に差し障るからと断る事が出来ているらしい。

わたしもノアに会えていないから、これは……手紙で教えて貰《もら》った事なんだけど。

昨日の夜に届いた手紙と、添えられていた一輪の薔薇《ばら》を思い出して、胸の奥がぽかぽかと温かくなってくる。

医務室で会えた次の日から、毎日のように手紙が届くようになった。それには必ずお花が添えられていて、わたしが不安にならないようにしてくれているのだ。その気遣いが嬉しくて、幸せな気持ちで満たされる。

「本当はアインハルト様にお休みして貰おうと思ったみたいなんだけど……それだと王女様がついて回りそうだからって苦肉の策だったみたいね」

「そうだったのね。……前に少し、皆さんのおかげで会う時間を取れた時にね、ノアも怪我を理由

に休みを取ろうかと考えたそうなの。でもそんな事をしたら、王女様の側《そば》で療養をと軟禁されそう
だって王太子殿下に助言を頂いたみたいで」

「ああ……。聞いた話だけど、王女様は独占欲が少し……少しじゃないわね。だいぶ強いみたいで。お気に入りのものは手に入れて、大事にしまっておきたいみたいなのよ」

「そんな……ノアは物じゃないのに」

実際に会った事はないのだけど、印象は最悪だ。

確かにノアは格好いいし素敵な人だけど、それは美貌だけじゃない。あまりりす亭で笑うノアとの軽口が恋しくて、小さく溜息が漏れてしまった。

わたしの言葉を耳にして、ウェンディが気遣わし気に表情を曇らせる。

ピンク色の瞳に宿る心配の色が濃いものだから、大丈夫だとばかりにわたしは笑ってみせた。

「そんな顔をしないで、ウェンディ。わたしなら大丈夫よ」

「……本当に？　あなたは無理をするし、一人で抱え込んでしまうから心配なの」

思い当たる事が多くて、苦笑しか出来ない。

わたしがもやもやした気持ちを抱え込んでいた事を、ウェンディは知っていたのだ。心配をさせないようにとしていたのに、逆にそれが心配を掛ける事になってしまっていたなんて。

「心配させてごめんなさい。確かにね、前まではちょっと……もやもやして落ち込んでいたんだけど。でもね、本当にもう大丈夫なのよ。だって滞在が延びてもノアが王女様の側にいるわけじゃな

いしね」

「それならいいんだけど……やっぱり、アインハルト様に会えたのが大きい？」

笑みの混じった優しい声に、口に入れたばかりのパンを喉に詰まらせてしまうところだった。

何とか飲み込んで、ゴブレットのお水を飲む。一息ついたわたしを見て、ウェンディはにこにこと笑っているものだから、居たたまれなくてジャムをパンに塗る事に集中した。

「……そう、かもしれないわ」

「ふふ、あなたが笑っていたらきっとアインハルト様も安心ね。でも、次からは私にもちゃんと零してね？」

「ええ、そうさせて貰うわ。……ウェンディ、いつもありがとう」

「いいのよ。あなたは私の、一番の友人なんだから」

温かい言葉に、目の奥が熱くなってしまう。それを誤魔化すようにパンを口にしたけれど、ジャムを載せすぎてしまったみたいだ。

視界が滲《にじ》むのは、ジャムの酸味が強かったせい。

お腹もいっぱいになったし、午後からのお仕事も頑張ろう。

それにしてもチョコレートムースはとっても美味しかった。久し振りに飴細工《あめざいく》の載ったあのチョコレートケーキも食べたいな。

なんて、そんなのんびりした気持ちで図書館に戻ったのだけど……人だかりとざわめきが凄い。

一体何があったのだろうと近付くと、どうやら注目が集まっているのはカウンター付近のようだった。

仕事もあるし向かわないわけにはいかない。そう思って更に歩を進めると、そこに居たのは――アンハイムの王女様だった。

淡い金髪が窓から差し込む陽光に透けてきらきらと輝きを放っている。抜けるように白い肌も、宝石のような深い青をした瞳も美しい。

その後ろにはジーク王太子殿下とラジーネ団長も居たのだけど、二人ともひどく疲れた顔をしていて、ウェンディと顔を見合わせてしまった。

出来れば近付きたくないのだけど、その一団がカウンターの前に居るから近付かざるを得ない。

カウンターの中に居る同僚は、困ったように視線を周囲に彷徨《さまよ》わせている。わたしとウェンディはお互いにひとつ頷いてから、カウンターへと歩を進めた。一団の注目がわたし達に集まっているから、このまま静かに業務に戻るのは難しそうだ。

「カミラ・アンハイム王女殿下にご挨拶申し上げます。ウェンディ・ラジーネと申します」

「同じくご挨拶申し上げます。アリシア・ブルームと申します」

わたし達は膝を折り、胸に手を当てて挨拶の礼をした。

衣擦れの音がして、王女様が近付いてきているのが分かる。何だかひどく緊張してしまって、細く長い息を吐き出した。

「顔を上げて。お仕事の邪魔をしてごめんなさいね」

可憐《かれん》で涼やかな声が耳を擽《くすぐ》る。言われるままに顔を上げると、王太子殿下がわたし達と王女様の間に割り込んでくれた。

ジーク殿下は肩越しに振り返ると、カウンターを指差してくる。

「君達は業務に戻って構わない。カミラ、もう図書館はいいだろう？　戻ろう」

ジーク王太子殿下とカミラ王女様は縁戚にあたるからか、その言葉遣いは親しいもの同士の言い方だった。それでも王太子殿下の声に疲れが滲んでいるのは、きっと気のせいではないだろう。

わたしとウェンディはもう一度頭を下げてから、カウンターの中へと入った。入れ替わるように出てきた同僚は緊張からか顔を青くしている。怖かった、と吐息交じりに零れた囁《ささや》きに頷く以外は出来なかった。

わたし達がカウンターの席に着いても、まだ一行はそこに留《とど》まっているままだ。図書館を利用される方々も遠巻きにこちらを見ていて、わたし達もどうしていいのか分からない。

「何か図書館の視察で、足りないところがありましたでしょうか」

事務室からやってきたのは顔色の悪い上司だった。今日は館長がいないから、上司が出てくることになったのだろう。その表情からしても、王女様がこちらにいらっしゃるのは予定外の事だったみたいだ。

「そうね、本を借りたいの。そこのあなた……アリシアさんといったわね。何か本を選んで頂戴」

「本なら部屋にもあるだろう。何もここで借りなくても」

「わたくしはアリシアさんの選んだ本が読みたいの」

大きな溜息をついたジーク王太子殿下が振り返る。わたしは立ち上がってカウンターから出る事にした。心配そうなウェンディに、大丈夫だと頷いてみせる。

「ブルーム嬢、お願い出来るだろうか」

「かしこまりました。どのような本をお探しでしょうか」

本の案内をするのも司書の務めだ。

わたしがどんな感情を持っていようと、本を求めている人にはしっかりと応えたいと思う。

王女様の背後では護衛任務にあたっているラルスさんが、両手を顔の前で合わせているのが見えた。ごめん、と口が動いている。

「恋愛小説がいいわ。騎士とのロマンス小説なんてある？」

「……ご案内します」

笑みが引《ひ》き攣《つ》っていないか心配になるけれど、恋愛小説の棚に案内すべく足を進めた。

王女様を先頭に、護衛任務の騎士の方々、王太子殿下もついてきているようだ。カウンターの前が空いて、少しほっとした雰囲気になったのを背中で感じていた。

それにしても、騎士とのロマンス小説を、わたしに選ばせるというのは……やっぱり含みがあるのだろうか。

わたしが、ノアの婚約者だというのを知っているのかもしれない。

何だかもやもやするのを感じながらも、わたしは意識して姿勢を正し、歩を進めた。

「こちらの棚が恋愛小説になります。騎士とのロマンス小説ですが……こちらはいかがでしょう。騎士と舞台女優の恋を紡いだお話でして、古典歌劇の演目も引用されているので楽しめるかと思います」

「そう、ではそれを借りるわ」

差し出した本は控えていた侍女の方が受け取った。

本を選んで欲しいと言った割に、あまり本に興味をもっているようには見えないのだけど……。

でもまぁ、頼まれた事はこれで終わりだ。

そう思ったのに王女様がわたしの事をじっと見つめているから、その場を離れる事が出来なかった。

どうしたらいいのかとラジーネ団長に目を向けると、意を察してかわたしと王女様の間に入ろうとしてくれる。その時だった。

「あなたがアインハルトの婚約者ね」

やっぱり、そういう含みを持って図書館にいらっしゃったのだ。

「はい」

「あなたに酷な話をするのだけど……わたくしね、アインハルトを連れていきたいの」

「カミラ、その話はもう終わっただろう。アインハルトに国を離れるつもりはない」

わたしが何かを口にするよりも早く、ジーク殿下が苛立《いらだ》ったような言葉を放つ。

もう帰るぞ、と王女様の腕を引くけれど、王女様はその手を振り払い、手にしていた羽根の扇をゆっくりと広げた。

それを口元に寄せながらくすくすと笑う姿は、お人形のように美しいのに……少し怖い。

「わたくしが輿入れするのは知っているでしょう？　祖国を離れるのが寂しいから、せめてわたくしの周りはお気に入りのもので満たしたいんだもの」

当然とばかりに王女様が言葉を紡ぐ。

その言葉が欠片《かけら》も理解出来なくて、どうしていいのか分からなかった。

「お前の我儘《わがまま》を許してきた周りにも問題があるな」

「ひどいわ、ジークお兄様。だってわたくし、可哀想《かわいそう》でしょう？　好きでもない相手のところに嫁ぐんだもの。多少の慰めがあってもいいと思うのよ」

「ブルーム嬢、カミラの言う事は気にしなくていい。ほら、行くぞ」

「もう、わたくしまだアリシアさんとお話が……！」

「しなくていい。周囲にこれ以上の迷惑を掛けるなら、今すぐアンハイムに送り返すぞ」

「意地悪ばかり言うんだから！」

ぷくっと頬を膨らませた王女様が、一度わたしの方へ視線を向ける。その青い瞳が驚くほどに冷ややかで、背筋が震えた。

「またね、アリシアさん」

にっこりと微笑《ほほえ》んだ王女様は、侍女と護衛騎士と一緒に去っていく。

頭を下げてその姿を見送りながら、何とも言葉に出来ないもやもやが胸の奥から広がっていくようだった。

「ブルーム嬢、あいつの言葉は全部忘れて構わない。迷惑をかけたな」

「いえ……」

ジーク殿下に声を掛けられて、何と答えたらいいのかも分からない。確かに驚いたし、困ったけれど……それを王太子殿下に零すわけにもいかないもの。

そんなわたしの心を読んだように少し笑ったジーク殿下は、疲れた顔をしたラジーネ団長と共に王女様の後を追いかけていった。

「……ラルスさんは戻らなくていいんですか？」

皆が去っていくのに、ラルスさんだけはまだ本棚の陰に隠れている。苦笑しながら現れたラルスさんの隣から、ぴょこんとヨハンさんが顔を出すものだからわたしは驚きに息を詰めてしまった。

悲鳴をあげなくてよかった。

「いやぁ……中々ぶっ飛んだお姫さんだねぇ」

「ラルスさん、もう少し言葉を……」

隣にはアンハイムから来たヨハンさんが居るのだから。そう思って気まずくなっていたわたしと違って、ヨハンさんは大きく頷いている。

「本当にそう思いますよ。カミラ様の我儘には困ったもんです」

「ヨハンさん、そんな事を言っていいんですか？」

「僕は別にカミラ様の臣下じゃないんで大丈夫です」

そういうものなんだろうか。

ヨハンさんがいいと言っている事に、これ以上わたしが何か言葉を重ねる事もないだろう。

「アリシアちゃん、あんま気にすんなよ。あのお姫さんが何を言っても、アインハルトが連れていかれるなんて事はないからさ」

「ええ。そんな事はないと分かっているけれど……少しびっくりしてしまって。ノアが居なくて良かったわ」

「な、俺もそう思う」

ノアの居る前で王女様があんな事を口にしていたら、きっと彼は怒ったと思うから。

わたしのもやもやも感じ取って、気にしてしまうだろうし……そういう意味でも居なくて良かった。

「アリシアさん。アンハイムとしても余計な火種を作るつもりはないんです。カミラ様が何を言っても叶《かな》う事はありませんので……」

「ありがとうございます、ヨハンさん」

ヨハンさんまで気遣ってくれる。

大丈夫だと笑って、二人を見送ったけれど……あの二人はきっと、わたしを慮《おもんぱか》ってくれたのだろうと思う。

ふと本棚に目をやると、一冊の本が倒れていた。何冊か借りられて棚に隙間が出来たからだろう。

手にしたそれは──『迷宮』

本の表紙に描かれているのは蒼映《あおば》えた三日月。それを指でなぞると小さな溜息が漏れてしまった。

＊＊＊

今日の日中、図書館にいらした時の王女様の言葉が頭から離れない。

『お気に入りのもので満たしたいんだもの』

『好きでもない相手のところに嫁ぐんだもの。多少の慰めがあってもいいと思うのよ』

それに同意する事も共感する事も出来なくて、ただもやもやとした気持ちだけが積み上がっていく。

夕食のあと、部屋でのんびり本を読もうと思っていたのに、開いた本はほんの数ページで止まっている。

集中出来なくて、本の世界に没入できない。それがまた悔しくて、溜息なのかも分からないくらいに深い息を吐いた。

ノアをそんな風に扱われるのも嫌だ。ノアをわたしから離そうとするのも嫌だ。

王女様の言う通りにはならないと、皆が慰めてくれるけれど……それはわたしも分かっているのだ。王女様がどれだけ願ったって、それを良しとする人はいない。

でも、そう分かっていたって……苛立つのはどうしようもない。

「もう……もやもやしすぎて気持ちが悪いわ」

今日はもう読めないだろう。

お気に入りの栞《しおり》を挟もうと思って、それもやめた。だって本当に序盤過ぎて栞さえいらないほどだったから。

何度目になるかも分からない溜息は、少し開けておいた窓からの夜風に消えていく。

涼やかな風がゆっくりと部屋を巡ると、花の香りも一緒に広がっていくのを感じた。その花香に促されて窓辺を見ると、ノアが贈ってくれた花が風に吹かれて揺れている。

「……会いたいわ」

ぽつりと漏らした呟《つぶや》きも、風の中に消えていった。

――ピィーッ！

不意に、何か高い音が聞こえた。口笛のような、鳥の鳴き声のような……。静かな夜には不釣り合いのその音が気になって、わたしは窓へと近付いていた。

鳥だとしたら、月明かりしかない中で夜目が利くかしら。

そう思いながら目を凝らすと、屋敷を囲う柵の側に人影が見える。また、高い音が響いた。

その人からはわたしが見えているようで、自分を知らせるように片手を大きく振っている。あれは――

わたしは椅子に掛けていたショールを手にすると部屋を飛び出した。ばたばたと廊下を駆けてしまって、何事かと兄が部屋から顔を出すけれど「出掛けてくる！」としか言えなかった。

窓を閉め忘れたと気付いても、もう戻れない。

勢いに驚いているマルクにドアを開けて貰って、わたしは外へと走っていた。

「ノア！」

「はは、すげー勢い」

門まで移動していたノアが、わたしを出迎えてくれる。急いで門を開けて出ると、ノアはまたおかしそうに笑った。

いつものように髪を下ろし、黒縁眼鏡をかけたノアは、わたしの頭にぽんと手を乗せてから軽く会釈をしている。一体どうしたのかと肩越しに振り返ると、全てを承知したように微笑むマルクが見送ってくれていた。

ショールを羽織って、ノアと一緒に夜道を歩く。伸びる影が寄り添っているのを見るのも久しぶりだ。

忙しくなる前はよくこうして一緒にお散歩していたものだ。それを思い返して何だか嬉しくなってしまったけれど……。

「ねぇノア、忙しいんじゃないの？」

「朝早くから王都を離れてるだけで、任務内容はきつくないぞ。夜だってそんなに遅く戻っているわけじゃねぇんだが……出歩いているのを見つかったら面倒だから、宿舎を出ない方がいいって言われているだけで」

「そうなの？　今夜は……どうして」

「お前に会いたかったからに決まってるだろ」

ノアが手を繋《つな》いでくれる。

その温もりに、どれだけ恋焦がれていたのか思い知らされてしまった。泣きたくなるのを堪《こら》えて、繋ぐ手にわたしからも力を込めた。

「ラルスから聞いた。図書館に来たんだってな」

労わるような優しい声に、小さく頷いた。

ノアはどこまで聞いているのだろう。王女様が口にした言葉も、知っているんだろうか。

またもやもやする気持ちが、わたしの背中を丸めさせる。

そんな様子に気付いたらしいノアが繋ぐ手をぐっと引っ張るものだから、引かれるままにわたしは足を速めていた。

「久し振りに飲もうぜ。あまりりす亭に行くには……ちょっと遅いか。露店でワインでも買うのはどうだ？」

懐中時計で時間を確認したノアが、蓋を閉じるとパチンと気持ちのいい音が響く。

それはわたしが婚約記念に贈った時計だ。金の鎖が彼の手から垂れている。使っているのを見るたびに嬉しくなってしまうのは、もうこれからもずっとそうなのだろう。

「いいわね。あ、でも……朝が早いんでしょう？　大丈夫？」

「心配ねぇよ」

それなら、今日はもう甘えてしまおう。

折角会いに来てくれたのだから、わたしもノアと一緒に過ごしたい。

先程までのもやもやとした気持ちは、夜気の中に溶けて消えていったのだろうか。いまは心が弾んでいる。だってノアと一緒に過ごせるんだもの。

繁華街の方へ向かい、一番近くに出ていた露店で赤ワインと軽食を買う。

赤ら顔で陽気な店主がおまけと言って勢いよくワインを溢《あふ》れさせるものだから、おかしくなって笑ってしまった。

そのままわたし達が向かったのは公園だった。

冬には雪像で賑《にぎ》やかだった公園だけど、今は大きな噴水の印象が強い。夜だからもう水が止められていて、公園内を流れる小川のせせらぎだけが涼やかに響いていた。

公園に、わたし達以外の人はいない。喧噪《けんそう》も遠く、日常とは切り離されたような不思議な感じがしていた。

小川の側にあるベンチに並んで座ると、ノアが紙袋の中から木製のカップを取り出して渡してくれる。

両手でそれを受け取ると、華やかな葡萄《ぶどう》の香りが鼻を擽っていった。

「乾杯」

「乾杯。ノアもお疲れ様」

カップの縁を少し合わせてから、わたしは早速ワインを口にした。

酸味が強くて爽やかだ。軽やかだからといって飲み過ぎないようにしないと。

「うん、美味しい」

「久し振りに酒も飲んだ。美味いな」

「わたしと一緒だからでしょ？」

「違いねぇな」

こういったやり取りも久しぶりだ。楽しくて、嬉しくて、ずっとこんな時間が続けばいいのに、なんて思ってしまう。

ノアもそう思ってくれていたらいいなって、そう願った。

ベンチの近くには街灯があって、わたし達を照らしている。

ゆらゆらと風に吹かれる炎が影を揺らして、改めて夜に二人でいると自覚した。別にいつもだってあまりりす亭に行ったりしているから、夜のお出掛けも珍しくはないのに……ドキドキしてしまうのはどうしてだろう。

ワインのカップを一度ベンチに置いたノアは、袋から軽食の包みを出してくれた。わたしとの間にそれを置いて、取りやすいようにしてくれる。

相変わらずのさりげない気遣いが何だか嬉しい。

「美味しそう」

両手を組んでお祈りを済ませると、崩れないように短い串で固定されたそれをひとつ手に取った。

一番下には薄切りになったバゲット。その上にはサイコロに切ったお肉をよく煮込んだようなものが載っている。一番上はにんじんだろうか。これもまた色が濃い。

バゲットを持って串を抜く。一口サイズには少し大きいけれど、齧《かじ》りついたら崩れてしまうだろうか。そう思って、串をピック代わりにして、一番上のにんじんを取って口に入れた。

赤ワイン煮だ。

よく煮込まれていてとても柔らかい。赤ワインの芳醇《ほうじゅん》さと、にんじんの甘さが相まって美味しかった。じゃあこのお肉も赤ワイン煮なのだろう。

そう思って、今度はお肉とバゲットを少し齧った。パンくずが落ちてしまうけど、外だからまぁ大丈夫でしょう。

「んん、美味しい。赤ワイン煮がのっていたわ」

ほどけるような牛肉は、少し冷えているにもかかわらず美味しいものだった。

クセもなく、脂が口に残る事もない。炙《あぶ》られたバゲットがカリカリしていて、いいアクセントになっている。

「うん、美味い。こっちはタコとオリーブのマリネだな。それからマリネの野菜は刻まれて、パンにも塗られているみたいだ」

「それも美味しそう」

「酸味が強くてさっぱりしているぞ」

「こういうのもいいわね」

先日にエマさんと外でランチをした時も思ったけれど、外で食べるのは何だか楽しい。

夜の風が優しくて過ごしやすいからだろうか。

「新居の庭にはでかい東屋《あずまや》でも作るか。外でいつでも飲めるように」

「それも素敵ね。本を読むのにもよさそう」

「じゃあ図書室から外に出られるような、ドアがあった方が便利だな」

「もうお屋敷の改装は終わっているんでしょう？」

「そうなんだが、残念な事に新居に住めるのはまだ先だろう。追加で改装するのだって問題ないさ。俺としては明日にでも結婚して一緒に暮らしたいところだけど」

不意をつかれて、今まさに口に含んだばかりのワインを噴き出してしまうところだった。

なんとかそれを堪えてワインを飲み込むけれど、もう味なんて分からない。飲み込んだけど変なところに入ったせいで噎《む》せこむわたしを見て、ノアが低い声で笑っている。

「なんだよ、動揺しすぎだろ」

「まさか、急にそんな……」

「別に急でもないけどな」

わたしの背を撫《な》でながら、ノアの口が弧を描く。厚い前髪と黒縁眼鏡で瞳はよく見えないけれど、きっと優しく細められているのだと思う。

わたしは軽く咳《せき》をしてから、改めてワインを口にした。これ以上ノアが何かを言わないように、少し警戒をしながら。そんなわたしを見て、またノアがおかしそうに笑うのだけど。

「そういえば、ちゃんとお礼を言ってなかったわ。お花とお手紙をありがとう」

「喜んでくれたなら俺も嬉しい。お前を不安にさせたくはないんでね」

「不安なんて、あのお手紙とお花で飛んでいってしまうわ。ねぇ……わたしも、お手紙を書いてもいい？　宿舎に届けてもらうのは迷惑になってしまうかしら」

「いや、そんなことはねぇが……いいのか？」

「ええ。あんたが嫌じゃないなら」

ノアの声が弾んでいるように聞こえる。

それが何だか嬉しくて、わたしも笑みを浮かべていた。

「書いてくれたら嬉しい」

「その日に食べたものの感想ばかりになったりして」

「それも可愛くていいけどな」

「……バカなんだから」

冗談めかしたのに、返ってくるのは甘い声で。鼓動が跳ねた事を自覚しながら、誤魔化すようにワインを飲んだ。

ノアがまた軽食に手を伸ばす。それだけでこの場の雰囲気が変わるから、わたしも軽食を選ぶことにした。

ノアが選んだのはチーズとトマトが載せられたもの。わたしは……オムレツにトマトソースのも

のを選んだ。

トマトソースの赤と、オムレツの黄色が綺麗。串を抜いて齧りつくと、オムレツにはお野菜が混ぜ込まれているのが分かった。しゃきしゃきとした食感が良くて、酸味のあるトマトソースと合っている。うん、これも美味しい。

「……今日は嫌な思いをさせたな」

「わたしよりも、ノアよ。ああいった事を、今までにもずっと言われていたんでしょう？」

「この見目だからな、多少は慣れているつもりだったんだが。話が通じないっていうのは厄介だよな」

「大変だったわね。本当に護衛任務から離れられて良かったわ」

「ああ。……お前の側に居られないのは、歯痒《はがゆ》いが。お前に何かあったらと思うと気が気じゃない」

ワインを一口飲んだノアが、わたしの事を見つめている。

厚い前髪の奥から覗《のぞ》く瞳に浮かぶのは、心配の色。

ノアの方が大変なのに。わたしより、王女様に毎日付き合っていたノアの方が辛かっただろうに。

今だって自由に出来なくて、王女様に会わないように色々制限だって掛かって……それなのに、この人はこうやってわたしのところに来てくれる。

わたしが、嫌な思いをしたからと。

「……もっと自分の事を大事にしていいのに。わたしより、ノアの方が大変だし嫌な思いもいっぱいしてるんだから」

「俺の方が大変だからって、お前を心配しない理由にはならないだろ」

優しい声でそんな言葉を紡がれて、胸の奥が苦しくなる。

締め付けられる心が、ノアの事を好きだと叫んでいるようだった。溢れた想いが涙となって零れていく。

「ラルス達にも頼んではいるが、それも複雑なんだ。俺はお前の側に居られないのに、他の奴らに任せなきゃいけねぇのも……そういう場合じゃないって分かってはいるが、妬いてる」

その言葉だけじゃなくて、声にも滲む嫉妬の色。

こんな時だっていうのに嬉しくて、色んな感情が綯《な》い交《ま》ぜになって、溢れるのは涙ばかり。

「……バカ」

口から絞り出せたのはただの悪態なのに、嬉しそうに笑ったノアはわたしの頭を撫でてくれた。

その手があまりにも温かくて、また泣けてしまった。

楽しい時間はあっという間に過ぎて行ってしまう。

ノアが時間を確認すると、もう日付が変わろうとしていた。

お互い、明日もお仕事がある。

特にノアは朝も早いのだから、あまり付き合わせるわけにはいかない。……本当は、ずっと一緒に居たいけれど。

絞り出すような「帰りましょうか」なんていう声は、自分でも笑ってしまうくらいに震えていて。ノアは全部分かっているとでもいうように微笑むと、わたしの頭を撫でてくれた。

片付けをしてごみを捨てて、やる事なんてあっという間に終わってしまって。帰るのを先送りにしたくても、それは叶わなかった。

手を繋いで夜道を歩く。

夏の色が濃い、夜の匂い。なんとも言葉にしにくいけれど、幼い時を思い出させるような懐かしい匂いがした。

「そういえば最近の本で、面白い本はあるか?」

「わたしが面白いと思ったのは……神殿を舞台にしたミステリー小説ね。少し怖い場面もあるんだけれど、ハラハラして最後まで一気に読んでしまったわ」

「へぇ、読んでみたいな。図書館にあるのか?」

きっとノアも好きだと思っていたから、そう言ってくれるのが嬉しい。

読んでくれたら、色々考察したり出来るだろうしそれも楽しみだ。

「まだ入っていないから、わたしが持っているものを貸してあげる。手紙と一緒に届けるわ」

「ありがとう。楽しみだな」

「それはどっちが楽しみなのかしら。わたしの手紙？　それとも本？」

「言わせんなよ。分かってるだろ」

大袈裟《おおげさ》に肩を竦《すく》めて見せるから、思わず笑ってしまった。

静かな夜に響くのはわたし達の笑い声だけ。それが楽しくて、嬉しくて、ずっとこうしていたいと思ってしまう。

繋ぐ手が温かい。

いつもよりもゆっくりとした歩調なのは、彼もそう願ってくれているのだろう。

「このままお前を連れ去りたいくらいだ」

その言葉の半分くらいは、もしかしたら本当の気持ちなのかしら。

わたしもそうだと頷いたら、連れ去ってくれたりするのだろうか。

「ノア……」

「なんてな。あと数日なんだから我慢すれば日常に戻れるってのも、分かってはいるんだが」

その声に熱が潜んでいるようで、わたしの胸の奥が締め付けられる。切なくて、恋しくて……触れているのに、もっと触れたい。

「ねぇ……結婚を早められないかしら。今すぐが難しいのは分かっているけれど、その……冬じゃなくて、秋とか」

「俺はそうしたいな。秋どころか今すぐでもいいくらいだ」

「もう、それは難しいって言ってるでしょ」

「はは、それくらい焦がれてるって事だよ」

わたしの言葉に頷いてくれるノアの口が弧を描く。きっと夕星《ゆうつづ》の瞳も優しく細められているのだろう。

頬を撫でる風が優しい。

商店街には明かりのついているお店も無くて、本当に静かだった。わたし達の足音だけが響いて、寄り添う影だけが長く伸びている。

「でも、そうだな。本当に結婚式を早めよう。俺ももう、色々しんどい」

そう呟いたノアが、不意に足を止める。

つられるように立ち止まったわたしに向かい合ったノアが、わたしの顎に手を掛けて――唇が重なった。

唇に宿る熱が、漣《さざなみ》のように体に広がっていく。

繋ぐ手に力を込めても足りなくて、彼の腰に手を回して抱き着いた。彼も片手できつく抱き締めてくれるから、触れ合う場所が増えているのに熱も欲も増していくばかりだ。

「……アリシア」

低く掠《かす》れた声で名前を呼ばれて胸の奥が切なくなる。彼の事が好きだとわたしの全てが叫んでいる。唇が深く重なった。縋《すが》るように抱き着く腕に力を込めた。

唇が離れると熱い吐息が夏の夜気に消えていった。

「だめだな、このままだと本当に帰せなくなる。……行くか」

「……ええ」

まだ唇が熱を持っている。夜風が心地よいくらいに。

ノアもそうだったらいいなって見上げたら、口元を手で押さえて顔を背けてしまった。これは……きっと照れている。

何だかそれが可笑《おか》しくてくすくすと笑みを零したら、頭をこつんと小突かれてしまった。

この角を曲がったら、もう家が見えてくる。

楽しい時間は終わってしまうけれど、でも……明日からも頑張れる。そう思えるくらいに、優しい夜だった。

「ノア、今日は本当にありがとう。少し滅入っていたんだけど、ノアが来てくれたおかげで気持ちが凄く楽になったの」

「俺が会いたくて来ただけだからな、気にしなくていいんだが」

「ふふ、優しいんだから」

わたしの心に負担を負わせないように、いつもこうして気遣ってくれる。その度に彼を好きだという気持ちが溢れていくけれど、収まる時なんて来るんだろうか。

想像できない未来を思っていたら、もう門の前。

こんな時間でも門灯と、玄関の灯りは煌々《こうこう》と点けられている。帰ってくるわたしの為に点けておいてくれたのだろう。

もう皆は眠っているのか、どの部屋の灯りも落とされていた。

「じゃあ、また」

「ええ。手紙を書くわ」

「楽しみにしてる」

彼の事を見送ってから、家に入ろう。

そう思ったのに、彼が動く気配はなくて……一体どうしたのかと首を傾げた。

ノアは前髪をあげたと思ったら、掛けていた眼鏡も外してそれで髪を留めてしまう。露《あら》わになった紫の瞳に、わたしだけが映っていた。

「なぁ。もし……俺が国を離れると言ったら、ついてきてくれるか」

「もちろん」

躊躇《ためら》いがちに紡がれた言葉に、すぐに頷いた。

ノアは驚いたように目を丸くして、それから困ったように眉を下げて笑い出した。

「お前は……もう少し悩むとかねぇのかよ」

「ないわね。だってノアが色々考えた結果でそれを選ぶなら、ついていくだけだもの」

「今の幸せを手放しても？」

「前に言ったでしょう。『わたしの幸せも、あなたと共に』って」

彼がわたしにプロポーズをしてくれたあの日から、その気持ちは変わらない。

そんな思いで返した言葉に、ノアは嬉しそうに笑っている。

「……そうだったな。俺も、もう少し頑張ってみるか」

「無理はしないでよ？　いざとなったらっていう話だと思うけど、いつだってわたしはついていくわ」

「お前のそういうところ、本当にすごいと思うよ」

「惚《ほ》れ直した？」

「それはいつもだ」

低く笑ったノアがわたしの頰に口付けをくれる。

それから手を振って去っていくその姿は、いつものような猫背ではなかった。騎士としての、アインハルトとしての、姿にも見えた。

その背が見えなくなるまで、わたしはずっと見つめていた。目を離すことが出来なかったから。

部屋に戻ったらすぐに手紙を書こう。

わたしがどれだけノアのことを想っているのか、少しでも伝わるように。

あの後に認《したた》めた手紙は、想いのままに書き散らしたら大変な長さになってしまった。

これはノアだって読むのが大変だろうと、いくつかを掻《か》い摘《つま》んで書き直した。

会いに来てくれたお礼。元気でいてほしいという願い。本のお話。それから……ノアが好きだという事。

書きたい事は尽きないけれど、明日だってまたお手紙を書くのだから一気に書かなくたって大丈夫。それに……会おうとしたら、いつだって会える。

そう思えるのも、ノアのおかげ。

朝になって、ノアからもお手紙が届いていた。

わたしへの想いに溢れた温かな手紙。添えられていた赤い薔薇がとても綺麗だったから、この花弁を押し花にして、栞にしようと思った。

わたしのお手紙は、貸す約束をした本と一緒にマルクに詰所に届けて貰う事にした。

騎士の方々へのお届け物は基本的には受け付けていないらしいのだけど、婚約者だから大丈夫だとノアも言ってくれていた。

どうか、この想いも届きますようにと……願いを込めて。

＊＊＊

やっぱりノアに会えたら嬉しくて、それだけで元気になってしまう。

ラジーネ団長からいきさつを聞いたらしいウェンディが心配してくれるけれど、大丈夫だと伝える事が出来る。無理をしているわけじゃなくて、本当にそうなのだと。

むしろ気持ちが上向いて、今なら何でも乗り越えられそう……と思っていたのは、悲しい事にお昼までだった。

「……アリシアさん、書庫に置いてある本の補修をお願い出来る？　騎士団の方が書庫でついてくれるから」

「はい。……すみません」

「いや、アリシアさんが謝る事なんてないよ。災難だね」

目の下にクマを作っている上司が、労わるような言葉をくれる。最後の言葉は声を潜めて囁くようなものだったけれど、わたしには充分に届いていた。

それに曖昧に微笑みながら、わたしはカウンターを離れた。ウェンディも、わたしの代わりにカウンターに入った同僚も、気の毒そうに眉を下げている。

それは図書館に入ってすぐのところ、新刊が並べられている場所にいる一団がその原因だった。

カミラ王女様と、お付きの侍女が一人。アンハイムの兵士が一人と、護衛の任についている騎士が二人。いつもより数は少ないけれど、目を引いているのは間違いない。

今日は図書館の至るところで王女様の姿を見るのだ。

話しかけてはこないのだけど、その視線はわたしへと向けられている。嫋《たお》やかな微笑を浮かべていながらも、その青い瞳は何だか恐ろしかった。

わたしはその一団へ視線を向ける事なく、関係者以外立ち入り禁止の札が掛けられた扉を潜った。後ろ手にしっかりと鍵を閉める。

ここは視察でも入る許可が下りなかった場所だから、カミラ王女様が来る事もないだろう。

周囲にまた助けられている事を自覚して、小さく溜息が漏れた。

倉庫から補修道具の入った籠を取り、書庫へと向かう。

静かな廊下に響くわたしの足音を聞きながら、階段を降りて地下へと向かった。地下といえど、壁には等間隔で明かりが灯されているから怖くはない。

階段を降りた先にある書庫の前でわたしを待っていたのは、騎士団の制服を着たラルスさんと、ヨハンさんだった。

そういえば上司は、騎士団の方がついてくれると言っていた。それがラルスさんだとして……ヨハンさんはどうしたのだろう。

「アリシアちゃん、お疲れさん」

「お疲れ様です。お二人はどうしてここに？」

「俺はアリシアちゃんの警護」

「僕は書庫を見たかったからついてきました。館長の許可は頂いています」

わたしの警護？

問わずとも顔に出ていたのか、ラルスさんが笑いながら書庫の扉をこんこんと叩《たた》く。

「とりあえず入ろうぜ。仕事もあるんだろ」

「ええ、そうね」

促されるままに書庫の扉を開ける。

ひんやりとした室内は薄暗いけれど、もうどこに明かりがあるのかは体が覚えている。

入って右手にある棚から燭台《しょくだい》を取ると、ヨハンさんが火を灯してくれた。燭台は全部で三つ。人数分あれば足りるだろう。

通気口から入ってくる涼しい風も仄《ほの》かなものだから、燭台の炎を揺らす事もなかった。

「わたしは作業をしていてもいいですか？」

「もちろん。俺らの事は居ないもんと思ってくれ」

「それは難しいけれど……」

苦笑しながら作業台を見ると、補修が必要な本は上司が纏《まと》めておいてくれたようだ。

その隣に籠を置いて、必要な道具を取り出していく。

「……わたしに警護って、どういうこと？」

「緊急任務なんだよ。あのぶっ飛んだお姫さんが、やたらとアリシアちゃんの側をうろうろしてるだろ？　何かあったら困るからさ」

「確かに今日はよくお見かけすると思ったけれど……でもまさかそんな、直接的に何かされるなんて……」

「そうとも言い切れないうちはさ、そういう可能性を一つずつ潰していかないといけないんだ。アリシアちゃんに何かあったら、アインハルトがおっかねぇしさ」

明るく笑うラルスさんの姿に、つられるように笑ってしまった。

わたしに警護なんて勿体《もったい》ない気もするけれど、ここは素直にお願いしよう。わたしが無事でいる事もきっと大切だもの。迷惑を掛けてしまうけれどここは甘えて、落ち着いたらお礼をしよう。

小さく頷いて、作業台に用意されている椅子に腰を下ろした。

積み重なった本の一冊を手に取って、補修する内容が記されたメモに目を落とす。

「おいヨハン、あんまり奥まで行くなよ！」

「分かっていますからご心配なく」

「絶対分かってねぇだろ。迷子になったお前を探すのもしんどいんだぜ」

「大丈夫です。ここは迷子になりようがありませんから」

広いけれどひとつの部屋なのは間違いない。確かに迷子にはならないだろうと思うけれど……。

二人のやり取りを聞きながら思わず笑ってしまい、ふと二人の関係性が気になった。随分と仲良く見えるけれど……。

「ラルスさんとヨハンさんは、いつの間に仲良くなったんですか？」

「あいつ、よく迷子になるだろ。それを見つけているうちに、何となくな。あのお姫さんと一緒に来たってだけで、ちょっと警戒してたんだが……何だか意外と気が合ってさ」

「そうだったんですね」

以前にヨハンさんも、『カミラ様の臣下じゃない』と言っていたし、アンハイムからの使節団といえど何か複雑な関係性があるのかもしれない。

ラルスさんは壁側に寄せられていた椅子を引っ張ってくると、ついでに棚から一冊の本を抜き取ってきたようだ。

それは……花の妖精が世界中を旅する児童文学だ。

ヨハンさんの足音と、感嘆の声が遠い。随分奥まで行っているみたいだけど、大丈夫だろうか。迷う心配はないけれど、出るのを嫌がるかもしれないな。

そんな事を思いながら、取れてしまったページの端に糊《のり》を塗った。わたしも作業に集中しよう。

少し古い紙の匂いに満たされた部屋で、終業時間になるのはあっという間だった。

終業後に色々と片付けをしていたら、すっかり暗くなってしまった。

ラルスさんとヨハンさんはもう図書館を離れている。二人が居てくれたおかげで安心して過ごす事が出来たと思う。

地下まではまさか来なかったとは思うけれど、それでも。一人で立ち向かうには勇気がいる人だから……王女様は。

黄昏《たそがれ》の空に細い月が掛かっている。輝く夕星を見ると、ノアを思い出してしまうのは仕方がないことだろう。穏やかな光を湛《たた》えるあの紫色の瞳が、無性に恋しくなってしまった。

帰り支度をして図書館を出ると、門の前には馬車が止まっていた。

今日は迎えを頼んでいないし、うちの馬車ではない。あの紋章は……ラジーネ家のものじゃないだろうか。

そんなわたしの疑問に答えるように、馬車から降りてきたのはウェンディだった。

先に帰ったはずなのに、どうしたのだろう。

「アリシア、お疲れ様」

「どうしたの？　もう帰ったと思っていたのに……」

「ええ。少しお喋《しゃべ》りをしたくなってしまって。家まで送るから、付き合ってくれる？」

「ありがとう。じゃあお願いしようかしら」

にこやかに微笑むウェンディが目配せをすると、馭者《ぎょしゃ》が馬車の扉を開けてくれた。

きっと……ラルスさんがわたしの警護についた事と、関係しているのかもしれない。わたしを送るよう、ラジーネ団長に頼まれたのかも。

申し訳なさと有難さで、何だか落ち着かない。明日はマルクに送迎を頼んだ方がいいだろう。わたしの為にも、皆の為にも。

「アリシア・ブルームさん？」

ウェンディが馬車に乗り、わたしも後に続こうとしたその時だった。

不意に掛けられた声に足が止まる。振り返ると、こちらに近付いてきている人影が三つ。馭者が警戒したように動いたのが視界の端に見えた。

「はい、何かご用でしょうか」

外灯の下、その姿がよく見えた。

アンハイムの服装をした侍女が二人。それから兵士が一人。嫌な予感しかしないけれど、返事をするしかなかった。

「ふふ、やっとお話が出来るわね」

澄んだ声が夕闇の中に響く。

その声に体が固まってしまったのは、わたしだけじゃなくて。馬車にまた乗り込もうとしていたウェンディも、ステップに足を掛けた姿勢で止まってしまっている。

侍女の一人が俯《うつむ》いていた顔を上げながら、髪を包んでいたスカーフを解く。

風になびかれる金の髪。青い瞳は楽しそうに煌《きら》めいていた。

「……カミラ王女殿下に、ご挨拶を――」

「ああ、そういう堅苦しいのは良くってよ。楽にして頂戴な」

わたしとウェンディが膝を折ろうとするが、朗らかな声でそれを制止されてしまった。

逆に怖いのだけど……と思っていると、図書館の窓から上司がこちらを見ている事に気付いた。

慌てたように走っていったから、きっと助けを呼んでくれるのだとそう期待するしかない。

「わたくしね、アリシアさんとお話がしたいだけなのに、どうにも邪魔が入ってしまって。ジーク兄様も、そちらのご主人も、ちっとも時間を作ってくれないんだもの」

拗《す》ねたように口を尖《とが》らせる様子は可愛らしく見えるのに、わたしは背中に嫌な汗を感じていた。

口の中が渇くのは、緊張しているせいかもしれない。

「あ、あの……護衛騎士もつけずに出歩かれるのは……」

ウェンディがそう口にするけれど、彼女の声も少し震えている。

馭者がまた少し、わたし達に近付くように動いた。何かあれば割って入ってくれるのだろう。きっとこの馭者はウェンディの護衛も兼ねている。

「いいじゃない。別に危ない事なんてするつもりはないのよ。皆がわたくしの願いを聞いてくれたら、こんな事だってしなくて済むのに」

ほっそりとした手を頰にあて、王女様は溜息をつく。

その願いというのは……ノアの事なのだろうと思った。

「ねぇアリシアさん。わたくしね、どうしてもアインハルトを連れていきたいのよ」

「お言葉ですが、彼はそれをお断りしているかと……」

「ええ。でもそれって、あなたという婚約者がいるからでしょう？」

胸の奥がざわざわとして落ち着かない。

本格的な夏を迎えようとしているのに、寒ささえ感じてしまうくらいに鳥肌が立っている。

「あなたがアインハルトとお別れをしてくれたら、アインハルトだってわたくしと共に来るのじゃないかしら」

「……」

何と言ったらいいのか分からない。どんな言葉を探しても、王女様に伝わるのかが分からない。

王女様はわたしの様子などお構いなしに、にっこりと美しい笑みを浮かべている。

「聞けばあなたは一度婚約を解消しているそうじゃない？　もう一度婚約者がいなくなったって平気だと思うのよ。慣れているのだから」

「そんな……！」

この人は何を言っているのだろう。

頭に血が上る。想いが、怒りが心の中でぐちゃぐちゃに掻き回されて、言葉が出ない。口を開いても漏れるのは震える吐息ばかりだ。

「カミラ王女殿下、お言葉が過ぎます」

ウェンディの声が固い。

それもどこか遠くに聞こえる。水の中に居るみたいに、音も光もぼやけてしまったみたい。

「そうかしら。どうしても結婚したいっていうのなら、わたくしが懇意にしている商人のご子息を紹介してさしあげるわ。その方がご実家のご商売にも宜《よろ》しいんじゃなくて？」

「いえ、わたしは……彼と婚約を解消するつもりはありません」

「そうなの。……残念だわ。ご実家はアンハイムとも取引があったと思うけれど……ご商売が、これからも上手くいくといいわね」

含んだようなその言葉も何もかも、本当にもう嫌だ。

だってそれって……脅しているのと同じじゃない。どうしてここまでされなくてはいけないの。

不敬だと分かっていても、この腹立たしい気持ちはどうしようもなかった。目の奥が熱くなるのを感じながら言い返そうと口を開いた時、こちらに走ってくる複数の足音が聞こえてきた。

「あらあら、時間切れかしら」

「おい、カミラ！　侍女の格好をして勝手に抜け出すなんて、お前は何をやっているんだ！」

ジーク王太子殿下の怒号が響く。

その後ろにはラジーネ団長と騎士の姿が見えて、きっと上司が報《しら》せてくれたのだろうと思った。

「ちょっとお喋りをしていただけよ。またね、アリシアさん」

ふふ、と笑い声を響かせながら侍女と兵士を連れて王女様は王宮の方へと歩いていく。

それを追いかける王太子殿下はまた怒っているけれど、王女様には何も響いていないように思えた。

残されたわたし達の影だけが、外灯の下で長く伸びていた。

肩を落としている自分の影が悔しくて、せめてもと胸を張ったけれど……あまり効果はなかったみたいだ。

喧噪が遠ざかっていく。

足元がふらついたのは、息を詰めていたからかもしれない。息が上手く吐けなくて、目の前が暗くなる。ウェンディがわたしの腕を摑《つか》んで支えてくれているから倒れずには済んだけれど、気持ちが悪い。

「ブルーム嬢……顔色が悪いな。深呼吸をした方がいい」

ラジーネ団長が声を掛けてくれるけれど、浅くて短い息しか吐けなくて、胸が苦しい。

ウェンディが背中を撫でてくれて、やっと呼吸を取り戻す事が出来た。深く吐いて、深く吸う。

ただそれだけなのに、自分の体がいう事をきいてくれなかった。

「ウェンディ、何があったのか後で教えてくれ。まずはブルーム嬢を休ませた方がいい」

「そうですね。帰りましょう、アリシア。もう大丈夫だから」

「……ええ。ありがとう、ウェンディ。ラジーネ団長も申し訳ありません」

「君が謝る事なんて何もない。……迷惑を掛けているのはこちらの方だ」

すまなさそうに頭を下げる団長に、首を横に振る事しか出来なかった。気の利いた言葉を返す余裕なんてなかった。

駆者の手を借りて、馬車に乗り込む。ウェンディが寄り添うように隣に乗ってくれて、それから静かに扉が閉まった。

ゆっくりと馬車が動き出す。

寒さはまだ、消えてくれない。腕を摩《さす》っていたら、馬車に用意してあったらしいショールをウェンディが掛けてくれる。淡いピンク色で織られたそのショールはウェンディの瞳にも似ていた。この上質な絹はウェンディの実家であるクレンベラー領の特産だろう。

「アリシア、あの人の言う事を……気にしないでっていう方が無理よね」

気遣うような声に顔を上げると、ウェンディはいまにも泣いてしまいそうに顔を歪《ゆが》めていた。

友人にそんな顔をさせてしまうほど、わたしもきっとひどい顔をしているのだろう。

「大丈夫よ、ウェンディ。ちょっとびっくりしたし、傷付かなかったわけでもないし……実家にも何かあるんじゃないかと思ったら怖い気持ちもあるんだけれど。でもね、それよりも……腹立たしくて仕方がないの。あんな脅しに負けたくない。悔しい」

そう。腹が立って仕方がない。

どうしてあんな事を言われなければならないのか。あの人の言葉に傷付いている自分も悔しいし情けない。

ぐっと拳《こぶし》を握ると、その拳にウェンディが手を添えてくれる。

「そうね、怒ってもいいわ。王女だからって、人の心を踏《ふ》み躙《にじ》っていいわけじゃないもの。無理矢理にアインハルト様を連れていく事なんて出来ないし、あなたの家の事だってシリウス様達が守ってくれるはずよ」

「ええ、ありがとう」

深くて長い息を吐き出した後、王女様の事を考えた。あの人はきっとノアを男性として好きなわけじゃない。わたしへ向ける感情に嫉妬はないように思うもの。

もしかしたら……王女様にとって、結婚は好きでもない人とするものなのかもしれない。それをわたしとノアに当てはめているとしたら。

「王女様はわたしとノアが好き合っているわけじゃないって、そう思っているのかしら」

「だから別の人をあてがっても構わないって？　そんなのおかしいわ」

「婚約解消に慣れているなんて言われるとは思っていなかったわ」

「あれは抗議するべきよ。私も声をあげるけれど、あなたの家からもした方がいいと思うの」

思い出したらぐっと胸が苦しくなる。婚約解消に後悔はないけれど、それをあんな風に言われるのは少し苦しい。

わたしがまた溜息をつくと、ウェンディが怒りに声を低くした。怒ってくれている事を有難く思うなんて不謹慎だろうか。

わたしとノアの婚約に、王女様が口を出す権利なんてない。

王族の婚姻に、恋心はないのかもしれない。でも、だからって……それをわたし達にも強いるのは違う。

「家に帰ったら、父にも相談してみるわ。商会に迷惑が掛かってしまうかもしれないけれど……でもきっと、わたしの味方で居てくれると思うから」

「忘れないでね、私だってあなたの味方よ」

「ありがとう」

揺れの少ない馬車がいくつかの角を曲がる。

ゆったりと動く馬車が住宅街に入ったのが分かった。もうすぐ家に着くのだろう。

「ねぇ……少しお休みを取ったらいいかもしれないわ。アインハルト様も日中は王都を離れているし、あなたの事が心配なの」

それはわたしも考えていた。

わたしが出勤する事で、色々な人に迷惑を掛けてしまう。それを理解するには、今日の事だけでもう充分過ぎるくらいだった。

「そうね。お休みするのも、皆に迷惑を掛けてしまうけれど……」

「迷惑だなんて。あなたが無事で居てくれる事が一番大事なのよ。……さっきの件はシリウス様にも全てを話すつもりなの。知られたくないかもしれないけれど……」

「それは全然構わないから気にしないで。知っておいて貰った方がいいだろうし」

「……シリウス様からアインハルト様にも話が伝わってしまうかもしれない」

申し訳ないといった風にウェンディが眉尻を下げるものだから、わたしは彼女の手を両手で握った。ぎゅっと力を込め、大丈夫だと微笑んで見せる。

「わたしからも伝えるつもりだったから大丈夫。……ノアは気にしてしまうかもしれないけれど、これだって彼のせいではないんだし。黙っていたらわたしが怒られてしまいそうだから、ちゃんと話して、わたしと一緒になって怒って貰おうと思うの」

「ふふ、そうね。それがいいわ」

ほっとしたように、ウェンディの頬に赤みがさした。

前のわたしなら、落ち込んで、一人で抱えて、行き詰まっていただろうと思う。

ノアが気にしてしまうからと黙ったとして、いつかは彼の耳に入るのだ。

この一件にノアの悪い所なんて一つも、欠片だってないのだから、黙っている事だってない。

そう思えるようになったのは、ノアがわたしに会いに来てくれて、手紙をくれて、想いをちゃんと伝えてくれているから。

わたしとノアの間には絆《きずな》があるもの。だから、怖くなんてない。

馬車がゆっくりと減速する。

窓から外を窺《うかが》うと、もう家の門の側まで来ていた。いつものようにマルクが立っていて門を開けてくれるけれど、ラジーネ家の馬車に驚いているのが伝わってくる。

「送ってくれてありがとう。さっきもウェンディが側に居てくれて、心強かったわ」

「そう言ってくれると嬉しいわ。お休みは明日からでいいから、無理はしないでね」

「ええ、ありがとう」

借りていたショールを返すと、もう寒さは感じなかった。

馭者が開けてくれた扉から降りると、マルクが深々と頭を下げている。ウェンディは手を振ってくれて、また静かに馬車が動き出した。

「……何かございましたかな？」

「そうなの、とっても腹が立つ事よ。父さんたちはもう帰ってきている？」

「はい。食堂でお待ちになっています」

「着替えたらすぐに行くわ」

何かを察したらしいマルクと共に玄関の扉を潜る。

さて、父さんたちに事情を説明しなければいけないのだけど……わたし以上に怒りそうだ。

外れないだろう未来を思って、少し笑った。


着替えて食堂に行くと、既に家族が揃《そろ》っていた。

皆はワインを飲みながらお喋りを楽しんでいて、その朗らかな雰囲気をこれから壊してしまうのかと思うと、申し訳ない。

そう思いながらマルクが引いてくれた椅子に腰を下ろした。

「お帰り、アリシア」

「今日もお疲れさま」

「ただいま。お腹空いちゃった」

掛けてくれる声に応えながら、ぐぅと主張をするお腹を押さえた。

うん、まずはご飯を食べてからにしよう。イライラしていたらお腹が空いてしまったから。

マルクとドロテアがテーブルにお皿を並べ、礼をしてから去っていく。

テーブルに飾られているダリアとかすみ草に、キャンドルの灯が当たってとても綺麗。

「さぁ、いただこうか」

父の言葉に頷いて、両手を組んで祈りを捧《ささ》げる。

恵みに感謝を。

今日のメニューは鴨肉《かもにく》のステーキ。グリルされた野菜が彩りよく添えられている。それから野菜のクリーム煮、舟型が可愛い一口サイズのキッシュ。籠に盛られた白パンはまだ温かそうだ。デザートはリンゴのタルトで、キャラメリゼされたリンゴがきらきらと輝いていた。

まずキッシュを食べてみる。

さくさくの生地と、少し塩気のあるフィリングが合っていて美味しい。塩気が強いのはベーコンだろうか。

「ん、美味しい」

「今日の仕事はどうだった？」

「いつも通りよ。兄さんは？」

鴨肉を切り分けながら、いつものように兄が聞いてくる。

ここでもう王女様の事を零したい気になるけれど、まだ我慢。美味しいご飯を楽しんでからにしたい。

「僕もいつもと変わらずかな。平穏なのが一番って事だね」

本当にそう思う。

頷きながらカトラリーを手にして、鴨肉を切り分けた。ナイフを入れるだけで柔らかいのが伝わってくる。赤ワインのソースを絡めて口に運ぶと、やっぱりとっても柔らかい。

噛《か》む度に口の中に広がる甘い脂と肉汁が美味しい。

赤ワインで満たされたグラスを口に寄せると、ふわりと花の香りがした。

クリーム煮も、パンも美味しくて、少し食べすぎてしまったかもしれない。

怒るっていうのはやっぱり体力を使うのだろうか。イライラした分だけ食べてしまったような気もするけれど……美味しいのだから仕方がない。

自分にそう言い聞かせながら、デザートのタルトに向き合った。

一口分をフォークに載せて口に入れる。食感の残るリンゴはとても甘いけれど、カスタードクリームが甘さ控えめだから食べやすい。タルトは少し固めのしっかりとした生地で、食べ応えがあった。

「……アリシア。あなた、何かあった？」

タルトを堪能しているわたしに、心配そうな母の声が掛かる。

予想外の言葉に思わず噎せてしまいそうになったけれど、何とかそれもタルトと一緒に飲み込んだ。

「……っ、どうしたの、急に」

「だってよく食べているから」

「わたしはいつも食べるけれど……」

「それでも、いつもと何かが違うのよ」

何かがあったと確信している母の様子に、困ってしまって笑う以外に出来なかった。

手にしたままのフォークを置き、ゆっくりと息を吐く。見れば父も兄もわたしの言葉を待っているようだ。

「……王女様と帰りがけに会ってしまって」

わざわざ侍女に扮《ふん》してまでわたしの所にやってきた事。

ノアを連れていきたいと、また言われた事。

婚約を一度解消しているのだから、もう一度しても平気だろうと言われた事。

――ブルーム商会の商売について、触れられた事。

出来るだけ事実だけを述べて、わたしの感情は籠めないようにしたつもりだったけれど……三人の顔から段々と表情が消えていった。

「まず……大変だったな、アリシア」

労《ねぎら》ってくれる父の顔もひどく険しい。母が俯いて、涙を拭っている様子も見てしまった。

「うちの商売に関して、お前が心配する事はないよ。正直なところ、アンハイムでのカミラ王女の影響力は少ないからね。元々アンハイムから出てこなかった王女だ。他国との付き合いがそれほど濃いとも思えない」

冷静な父の言葉にほっと安堵《あんど》の息が漏れた。

王女様の我儘で、うちが巻き込まれるなんてとんでもない事だもの。

「……あの王女はいつになったら帰るんだか」

ぼそりと呟かれた声。

兄の方を見ると、薄く開いた瞳に怒りの色が濃く滲んでいる。

「ジョエル君が付き合わされて、アリシアが巻き込まれて。もう少しだから辛抱してくれなんて我慢ばかり強いられて……一体いつまで待てばいいんだ。悪いけど僕は、王女の振る舞いを許している王宮にも不信感を持ってる」

「兄さん……」

わたしが心の奥で思っていた事を、兄が口にしてくれたみたいだった。

いつまで待てばいいのか。いつになったら、わたしとノアは日常に戻れるのか。

王女様じゃなくて周りの人が頭を下げて……でもそれって、我慢しろって言っているのと同じだもの。皆が大変だって分かってる。でも、それっていつまで？

「いざとなったら、拠点を他の国に移したっていいじゃない？　ねぇ、あなた」

目が笑っていない母が口にした言葉は突飛なものに聞こえるけれど、父はそれを否定する事も無く頷いている。

「いまの商会なら、どこの国でもやっていける。アンハイムとは取引をしない、と選べる程にな」

「取引しなくていいよ、あんな王女の国なんて。どこに輿入れするんだっけ？　その国との取引だってお断りだね」

大きな溜息をついた兄もそれに同意している。

巻き込んで申し訳ないと思うけれど、でも……家族がわたしの味方をしてくれる事にほっと安堵の息が漏れた。

安心したら涙が浮かんでしまって、それを誤魔化す為にタルトを口に詰め込んだ。甘いけれど、それが何だか切なくて——ノアに会いたいと思った。

「大体、何でそこまでジョエル君に執着するのか。いや、確かにあの美貌だけど。恋に落ちるっていうのも……」

「たぶん、王女様はノアに恋をしているわけじゃない。好きだから一緒になりたいとかじゃなくて、綺麗だから連れていきたいって……そういう感じなんだと思う」

「なんだそれ……」

わたしの言葉に、兄が呆《あき》れたように溜息をつく。

心底うんざりしたような声に、思わず苦笑が漏れてしまった。

「……カミラ王女は幼い頃から甘やかされて、我儘に育ったそうよ。国内で降嫁先を探そうにも皆が難色を示して、そんな王女を他国に嫁がせるわけにもいかない。だからアンハイムで一生を過ごさせるつもりで、今まで外交にも担わせてこなかったそうなの」

母が話す内容は、わたしの知らない事ばかりだった。

きっとお祖父《じい》様達から聞いたのだろう。

「でもアンハイムとの架け橋にカミラ王女を……と望んだのが、モンブロワ王国。独立したばかりの小国で、アンハイムからの支援が欲しいのじゃないかしら。支援してくれるのなら、どこの国でも良かったのかもしれないけれど」

すっかり貴族の顔に戻った母が、ワインを飲みながらそんな情報を口にする。

父も兄も驚いている様子はないから、この事は知っていたのかもしれない。

「とにかく、僕達はアリシアとジョエル君の味方だからね。国があてにならないなら、もう見限ったっていいんだ。だからアリシアは何も心配しなくていい」

「そうよ。悪い事なんてひとつもしていないんだから、胸を張って」

「アリシア。お前の幸せを、私達は願っている。それを忘れないでくれ」

皆の言葉に、胸が熱くなる。

溢れた涙を誤魔化す事なんてもう出来なくて、漏れる嗚咽《おえつ》を飲み込むだけで精いっぱいだった。

第三章　幸せを願うから

昨日の事が、思っていた以上に辛かったのかもしれない。

朝はいつもの時間に起きられたのだけど、職場にしばらく休む旨を連絡した後に二度寝をしてしまったようだ。

起きたらもう朝食の時間はとっくに過ぎていて、上司からの『事情は分かっているからゆっくり休んで』という返事も届いていた。

ウェンディからもわたしを気遣う手紙が届いていた。少し丸みを帯びた柔らかい印象の文字。あとでお返事を書かなくちゃ。

でも……ノアからの手紙は届いていなかった。

着替えて、遅い朝食を取る。

父も兄も既に出勤していて、家に残っているのはわたしと母だけだ。昨日の事があったからか、商会の職員が何人か警備の為に屋敷に来ているようだけど、マルクの手伝いをしているらしく顔は見ていない。

朝食のガレットはとても美味しいし、ミルクを入れたコーヒーだってわたし好みの味になっている。添えられているさくらんぼも、ぶどうも、オレンジも美味しいのに……何だかちょっと寂しい。

ノアからの手紙が届いていないから。

朝、出勤前にその手紙を読むことがわたしの楽しみになっていたみたいだ。添えられているお花を部屋に飾るのも、わたしの気持ちを上げてくれていた。

「……随分我儘《わがまま》になってしまったみたい」

忙しい時だってあるだろう。

毎日書いてくれていたのが、大変だっただろうとも思う。別に何かあったわけじゃないだろうし……。

昨日の事があったからか、何だか不安になってしまうけれど。でも、もし異変があったらきっと誰かが連絡をくれるだろう。

そう思いながら食べ進めるも、いつもより時間が掛かってしまった。


お休みだけど、何をしよう。

ウェンディとノアへの手紙は既に書き終えて、マルクに届けてくれるよう頼んである。

急にぽっかりと時間が空いてしまって、何をしたらいいのか悩んでしまうのは贅沢《ぜいたく》なのだろう。

本を読む？　本棚の整理？　いい機会だからクローゼットの中も見直していいかもしれない。

何からやろうか悩んでしまうけれど、時間だけはたっぷりあるのだ。いつまで休むのか、いつになったら出勤出来るのかも分からないのだから。

「よし、クローゼットにしましょう」

拳《こぶし》を握って気合を入れたわたしは、クローゼットの扉を大きく開いた。

並んでいる服は春ものと夏ものが入り交じっている。もう厚手のものはしまってもいいだろう。

冬の小物がまだ残っているから、それも片付けて……と、手袋を手に取った。

手袋と帽子、それからマフラー。

冬に毎日使っていたそれには、ノアとの思い出が残っている。それを懐かしく思いながら片付けをしていると、来客を知らせるベルの音が聞こえた。

いつものようにマルクが対応してくれるだろう。

そう思っていたのだけど、時間をおいてわたしの部屋のドアがノックされる。

わたしへの来客だったのだろうか。でもわたしが休みだと知っている人なんて少ないし、万が一アンハイムの関係者だとしたら通したりはしないはず。

不思議に思いながら部屋の扉を開けると、そこに居たのは——ノアだった。

いつものように髪を下ろした眼鏡姿。相変わらず体の線を拾わないシャツの、長袖を肘辺りまで捲《まく》っていた。

「……ノア？」

「悪い。下で待たせてもらおうと思ったんだが、義母さんが……」

気まずそうに言葉を濁す様子に全てを察した。

楽しそうに「いいからいいから」とノアをここに押しやる母の姿まで浮かんでくるほどだ。

「どうしたの？　あ、どうぞ入って」

「あ、いや……また今度にする。お前の部屋ってなんだか、悪い事をしているみたいで」

「変なノア」

「いいんだよ。それよりこれ……今朝は手紙を送れなかったから。朝の時点でここに来ようと思っていたから、直接渡した方がいいかと思ってな」

そう言いながらノアが差し出してくれるのは、いつもの薄紫の封筒と花束だった。

色とりどりの花で作られたブーケは、華やかな香りを漂わせている。それを両手で受け取ると、嬉《うれ》しくて笑みが零《こぼ》れた。

「ありがとう。手紙は……」

「後で読んでくれ。それで、急なんだが出掛けないか？」

「ノアと？」

「他に誰が居るんだ。屋敷を見に行こうぜ。家具が入ってから見てないだろ」

「行きたいわ。……支度をするから、少し待っていてくれる？」

「おう。マルクさんがお茶を用意してくれるっていうから、応接室で待ってる」

わたしの頬をそっと撫《な》でてから、ノアが階段を降りていく。

さっきまでの不安もどこかに消えてしまって、今ではすっかり浮かれているのだからわたしも大概だ。

そんな自分に苦笑いが漏れるけれど、会えて嬉しいのだから仕方がない。

手紙は……気になるけど後にしよう。花束はドロテアに頼んで飾って貰《もら》おう。

まずは支度をしなければならない。着替えて、お化粧もして……もっと早くに言ってくれたら髪だってしっかりセットできたのに。

開けっ放しのクローゼットに向かい、服を選ぶわたしが姿見に映る。

頬を染めたその姿は、どこから見ても恋をしていた。


選んだワンピースは薄紅色。この色ならわたしの髪にも瞳にも合うとウェンディからお墨付きを貰っている服だ。それに軽くお化粧をして、髪は高い位置で一つに結んだ。結んだ場所に髪飾りを挿してから何度か頭を揺らし、落ちてこない事を確認する。

耳を飾るピアスも婚約記念品のもの。もうこれ以外のピアスをつける事なんてないのではないだろうか。

バッグと花束を持って階段を駆け降りる。途中で行き会ったドロテアには、走っているところを見られて渋い顔をされてしまったけれど、花束を部屋に飾ってくれるようにお願いした。

応接室に向かおうとしたわたしを引き留めて、ドロテアは裏庭でいいものが見られると教えてくれる。ノアを待たせているから……と思ったけれど、ドロテアもノアが来ている事は知っているはずだ。

それでもそんな事を言うのだから理由があるに違いない。そう思ったわたしはまた駆けだそうとして、ドロテアのお小言を貰ってしまった。

向かった先の裏庭には商会で働く職員たちがいた。その中央に居るのは――剣を持ったノア。周りを囲む職員たちは、皆一様に憧れの眼差しを送っているように見える。

「これ、どうしたの？」

裏庭に繋《つな》がるドアの側で日傘を差している母に問いかけると、母もにこにこと微笑《ほほえ》んでいた。

「ジョエル君が来ていると知った彼らが、剣の教えを乞うているのよ。ほら、彼らは今日みたいに警備にあたる事もあるから、少しでも上達したいんじゃないかしら」

「そうなの……」

体格のいい職員たちに囲まれても、ノアは気にしていないようだ。

風に乗ってノアの声が聞こえてくるけれど、それはひどく真面目なものだった。口調こそいつものノアだけど、声は騎士の時のものに近い。

剣を振り、何かを説明しているその様子は……正直見惚《みと》れてしまう。

わたしばかりドキドキしているみたいで悔しいけれど、でも慣れる時が来るなんて思えないから。ずっとこうして、胸が切なくなってしまうのだろう。

薄曇りの空の下で、ノアがわたしに気付いたのはそれから十分後のことだった。


ノアとわたしが結婚した後に住むお屋敷は、元々アインハルト伯爵家が持っていたものだ。お互いの職場である王宮の敷地内には程近いのだけど、ブルーム家とは離れてしまう。

時間を掛ければ歩いていける距離ではあるけれど、その時間が惜しくてマルクに馬車で送って貰った。

お屋敷の近くで降りて、後は歩く。

自然と手が触れ合って、どちらからともなく指先を絡めて手を繋ぐ。それが自然だと思えるくらいに、すっかり馴染《なじ》んでいるのが嬉しい。

「そういえば、そろそろ片が付きそうだぞ」

「……カミラ王女様のこと？」

曇り空だけど雨が降る気配はない。

人通りも少ない静かな道を歩く中で、思い出したようにノアが口にする。

「そう。さすがにやりすぎだと、ジーク殿下が陛下に直談判したらしい。陛下も問題続きで頭を悩ませていたらしくて、陛下と殿下が王太后様の所に行って抗議したそうだ」

「でも王太后様のパーティーが終わるまではいらっしゃるんでしょう?」

「そのパーティーも実際はいつ開くか未定だったそうだぞ」

「そうなの……」

そこまでして、王女様をこの国に留《とど》めておきたかったのか。

もしかしたらそれは……王女様に頼まれたから、なんて思うのは穿《うが》った見方すぎるのかもしれないけれど。

「それっていつの話なの?」

「昨夜。ラジーネ団長もその場にいたらしくてな、俺にも話が回ってきた。……その時にお前が絡まれた話も、暫《しばら》く休むっていう話も聞いたんだ」

「もしかして、それで今日はお休みしたの?」

「俺もそろそろ休みが欲しかったし。休みを合わせるのもいいかなって思ってさ」

軽い口調だけど、わたしを気遣ってくれているのは伝わってくる。

わたしが落ち込んでいると思ったんだろう。辛い気持ちに寄り添ってくれようとする、その優しさが嬉しかった。

右手はノアと繋がっているから、左手もその腕に絡めて寄り添った。

ノアの左腕にぎゅうぎゅうに抱きつきながら歩いても、ノアは文句を言ったりしない。視線を上げれば口端が弧を描いているのが見える。

「……ありがとう」

「別に礼を言われる事じゃねぇよ。お互い色々頑張ってるし、こうやってのんびりしたっていいだろ」

「ふふ、そうね」

何でもない事のようにノアが笑うから、わたしもつられて笑ってしまった。

この角を曲がれば、お屋敷まではもうすこしだったはず。

数回しか来ていないけれど、この辺りの街並みが凄《すご》く素敵だったから覚えているのだ。

街路樹が葉擦れの音を響かせている。きっと陽射しが強い日には、日陰を作り出してくれるのだろう。

馬車がわたし達の横を通り過ぎていくけれど、道幅が広いから危なくない。それでもノアはわたしの事をそっと庇《かば》ってくれていると知っている。そう言っても知らん顔をされてしまうだろうけど。

「ねぇ……片が付くって言ったけれど、それって王女様がお帰りになるっていうこと？」

「そう。三日後に帰るらしい。王太后様は可哀想《かわいそう》だって泣いてたけど、色んな方面から王女殿下の振る舞いに苦情や抗議の声が上がっていると聞いてすぐに泣き止んだらしい。このままだと責任の所在が自分になるって分かったんだろうな」

何とも言えない話に苦笑しか漏れない。

振り回されたこちらとしては、堪《たま》ったものじゃない話だ。

「やっぱり苦情がきていたのね」

「アインハルト伯爵家も抗議文を出してるしな。騎士団や図書館、王宮に勤めるのは貴族子女も多いから、そちら方面からも出ているし。ラジーネ侯爵家とか、クレンベラー子爵家とか。お前んとこからも出ていたはずだぞ。義母さんのご実家、義姉さんの子爵家、もちろんブルーム商会からもな」

「……そうだったのね」

みんなわたしには何も言わないから知らなかったけれど、色々手を尽くしてくれていたのだ。それが嬉しいのと、何だかほっとしたのとで、深い息をついてしまった。

「たぶん……義兄さんは、今日も色々動いてるはず。朝方ちょっと騎士団の詰所に寄ったんだけど、いい笑顔をした義兄さんが王宮に入っていくのを見たぞ」

「昨日の事を家族にも話して、だいぶ怒っていたから……そのせいかもしれないわね」

あまり過激な事をしていないといいのだけれど。

ノアの言う兄の姿が簡単に想像出来てしまうものだから、苦笑いするしかなかった。

そんなお喋《しゃべ》りをしていたら、もう門の前だ。

高い鉄柵に囲まれているけれど、柵にも美しい蔦《つた》の装飾が施されているから圧迫感はなかった。

鍵を開けたノアと一緒に敷地内に入る。まだ住んでいないのに前庭の芝は綺麗《きれい》に整えられていた。これもノアが手配をしてくれているのだろう。まだ何も植えられていないけれど、花壇もある。

見上げたお屋敷は、やっぱり何度見ても大きいと思う。

三階建てで、一階に応接室や食堂、サロンや図書室、ゲストルームが用意されている。二階は家族の部屋で、三階は使用人の部屋となっている。

白い外壁に青い屋根。門からエントランスポーチに繋がる石畳は、様々な色の石で作られていて可愛らしい。

「相変わらず大きいお屋敷だわ」

「家族が増える事を考えたらこれくらいは必要だろ。それに三階建てといっても、そこまで部屋は多いわけじゃないぞ。違う家がいいなら今からでも――」

「建てなくて大丈夫。このお家はとっても素敵だし、住むのが楽しみなのよ」

「それならいいんだが……」

ノアが別に家を建てようとしていたのを忘れていた。

買うにしても建てるにしても、わたしの好きな家にしていいと。

この家が素敵なのは本当だし、二人で住むには大きいと思ってしまうだけで、きっとすぐに慣れるだろう。

ポーチまでの道を進み、紺色に塗られた扉の鍵をノアが開ける。扉には金の装飾が施されていて、派手過ぎない華やかさだった。

「さぁ、どうぞ」

改めて手を差し出してくれるノアに、自分の手を重ねる。

足を踏み入れたエントランスホールには、美しいタイルが敷かれている。中央の階段に掛かる紺色の絨毯《じゅうたん》にも馴染むタイルは、ブルーム商会の契約する職人が作ったものだ。

タイルも絨毯もノアと一緒に選んだけれど、こうして実際に敷かれているのを見ると何だかそわそわして落ち着かなくなってしまう。

そんなわたしの様子を見て少し笑ったノアが、エスコートするように手を引いてくれた。

まずはどの部屋なんだろう。

わくわくする気持ちを抑えられずに笑みが零れた。

最初に中央階段から三階まで一気に上がった。

手摺《てすり》も綺麗に磨かれているし、絨毯は埃《ほこり》っぽくもない。定期的に清掃が入っているのだとすぐに分かるほど、清潔に保たれていた。

三階には使用人の部屋が並んでいる。

まだ部屋は空いているけれど、アインハルト伯爵家から家令と数人のハウスメイド、それからシェフや庭師が来てくれると聞いた。ノアの事を幼い時から知っている人達ばかりらしいから、きっと彼もゆっくり過ごせるだろう。

二階にはノアとわたしの部屋、それから夫婦の寝室がある。他にも空いている部屋があるのは、この先家族が増えると考えての事。

夫婦の寝室には大きなベッドが置かれている。寝る場所だもの、ベッドがあって当たり前なんだけど……なんだかドキドキしてしまって、それは簡単にノアに見透かされていた。

「顔が赤いぞ」

「……うるさい」

「お前、寝相は？」

「悪くないとは思うけれど……」

「じゃあ落ちる心配はねぇな」

「こんなに大きなベッドだもの、少しくらい転がったって大丈夫じゃない？」

落ちる心配なんてしなくてもいいくらいに大きいベッドなのに、ノアは何を心配しているのだろう。そう不思議に思っていると、不意にノアに抱き締められた。

両腕を腰に回して背中側から抱き締められると、何だか安心してしまう。

「お前が転がったら、俺もついていくだろ」

「……どういうこと？」

「こういうこと」

身を屈《かが》めたノアが、わたしの肩に頭を乗せる。吐息が耳にかかって擽《くすぐ》ったくて、落ち着かない気持ちになってしまう。

「寝る時だって離してやれねぇってこと」

「な、っ……」

真っ直ぐな言葉に、この体勢。わたしが真っ赤になってしまうのには充分過ぎるほどだった。

耳元で低い声で囁《ささや》かれて、平気でいられるわけがないもの。

「はは、さっきよりも真っ赤」

「誰のせいだと……！」

「俺のせい。この髪型も可愛いな」

「もう！　それ、今言う⁉」

機嫌よさげにノアは笑うけれど、わたしにはそんな余裕はなくて。でもこの腕から抜け出す気がない事も、きっとノアはお見通しだ。

振り回されている気もするけれど、それが嫌じゃないのは……惚《ほ》れた弱みなのかもしれない。


一階に降りたわたし達は、食堂や応接室、サロンにゲストルームなどを見て回った。

二人で選んだ家具も部屋に合っていて、とても雰囲気が良いと思う。廊下の壁紙にも腰あたりの高さまで、掌《てのひら》ほどのタイルが貼られていてそれも素敵だった。お気に入りだけを集めたような家に、笑みが零れた。

そして最後に向かったのは——図書室。

手は繋いだまま、ノアがその部屋の扉を開ける。わくわくする気持ちが抑えられずに繋いだ手に力を籠めると、ノアも同じように握り返してくれる。

部屋の中には沢山の本棚が並んでいた。

まだ空だけれど、この棚全てを本で埋め尽くしていいだなんて贅沢すぎる。

「すごい……本棚がいっぱい！」

「しばらくは足りそうか？」

「これを埋め切るなんて、どれだけ時間が掛かるかしら。楽しみだわ！」

個人宅の図書室にしては広すぎるくらいの部屋に、大きな本棚が九つ。壁一面に三つの本棚が埋め込まれ、それから間隔を空けて、二つずつ三列に並んでいる。

入り口のある壁には小さな暖炉があって、それに向かい合うように大きなソファーとテーブルも用意されていた。

「素敵だわ。ここで本を読むのが今から楽しみだもの」

「良かった。それで……こっちの壁が裏庭に面しているから、ここにドアを作ろうと思うんだがどうだ？　裏庭に東屋《あずまや》を作って、そこに繋げられるように」

以前、外でお酒を楽しんだ時に話していた事を覚えてくれていたんだ。

その素敵な提案に頷《うなず》かないなんて選択肢はなく、笑みが零れるばかりだった。

「いいと思うわ。でも……今から改装なんて本当に大丈夫？」

「確認してあるから大丈夫。東屋のデザインも決めたいから、それについてはまた話そう」

「ええ」

ここで本を読んでもいいいし、天気のいい日は外でも読める。

そんな素敵な時間をノアと一緒に過ごせる事が嬉しくて、心が弾む。一人でも楽しいけれど、二人ならもっと楽しいもの。

「……楽しそうだな」

「楽しいわ。ノアは楽しくない？」

「楽しいけど……そんなお前の事が可愛いなって思ってた」

「……急にどうしたの」

「いや？　はしゃいでるお前も可愛いなって」

「変なノア」

そんな事を言われて、どうしていいのか分からない。

だってその前髪の向こう、眼鏡の奥の瞳《め》が柔らかく細められているって知っているもの。

自分の心臓が耳の隣に移動してきたのかと思うくらいに、鼓動が騒がしい。

恥ずかしくて何も言えないでいるわたしを見て、少し笑ったノアが手を引いてくれるからそれについていく。濃青色のソファーに並んで腰を下ろすと、先程までより穏やかな声でノアが話し始めた。

「そういえばこないだ借りた本、面白かった」

「良かった。ノアもきっと好きだろうと思っていたのよね」

「犯人は予想していたんだが、あそこまで見事に外れるとは思わなかったな」

「誰だと思った？　わたしは大神官だと思っていたんだけど」

「俺は探偵役の語り手」

「あ、それはわたしも少し怪しいと思ってた」

本の感想を二人で言い合う。

面白かったところ、驚いたところ。ノアが思った事を聞くのも楽しいし、わたしの話もちゃんと聞いてくれる。そういう時間が、これからもずっと続いてくれたらいいなと思う。

座り心地の良いソファーの背凭《せもた》れに深く体を預け直して、改めて部屋を見回した。落ち着いたベージュのカーペットには、アクセントに青い花が織られている。

モールディングで飾られた腰高壁は濃茶色。壁紙は白く、天井からはシャンデリアが下がっている。本棚が本で埋まっていない今でも、もうお気に入りの空間になっていた。

「気に入ったみたいだな？」

わたしの視線を追いかけていたのか、ノアが笑う。それに大きく頷いてみせながら、ノアの肩に頭を預けた。

「とても。自分のお部屋も好きなものでいっぱいにしているのに、ここに入り浸る事になりそう」

「それなら俺もこの部屋にずっといる事になるな」

「あら、ノアも好きな事をしていいのに」

「好きな事だから、だろ」

それは……わたしの側《そば》にいるのが好きだと、そういう事だろうか。問うたらきっと頷いてくれるけど、それも何だか恥ずかしい。

「そ、そういえば……騎士団の宿舎って、どんなお部屋なの？　個室なんでしょう？」

誤魔化すように空咳《からせき》をしてから話題を変えると、ノアがおかしそうに笑う。そのままわたしの肩を抱き寄せてくれるから、それに甘えて寄り添った。

「個室で生活するのに不便はないってくらいだな。特別広いわけでもないし、備え付けなのはベッドと椅子にテーブル、クローゼットくらい。あとは各々、好きなものを持ち込んでる」

「ノアは何か持ち込んでいるの？」

「小さい本棚。ラルスはこないだ椅子を壊したからって、大きめのソファーを持ち込んだけど」

椅子を壊した事も気になるけど、大きめのソファーも気になってしまう。お部屋が狭くなってしまわないのだろうか。

「ラルスさんはお部屋で寛《くつろ》ぐのが好きなのかしら」

「いや、寛ぐっていうより部屋で飲むのが好きなんだ」

「ノアも飲むの？」

「少し。食堂で飲んだりもするけど、ラルスに誘われて部屋に行く事が多いかな」

「そうなのね」

宿舎でどう過ごしているのか、今までは聞く機会もなかったから、何だか楽しい。

ラルスさんとお部屋で飲みながら、きっと楽しいお話をしているんだろう。

「宿舎も楽しそうね」

「退屈はしない。騒がしいけどな」

「このお屋敷でわたしと暮らしたら……その賑《にぎ》やかさが恋しくなったりしない？」

わたしは一緒に暮らしたら、幸せだけど。でも……騎士団程の賑やかさはあげられない。わたしと過ごす日々が、つまらないものになるんじゃないかって心配になってしまう。

そう思ったら、言葉が口から漏れ出ていた。

ノアはわたしの肩を抱いたまま、逆の腕でもぎゅっと抱き締めてくれた。ぎゅうぎゅうに抱き締められて苦しいのに、嬉しい。わたしはすっかりこの温《ぬく》もりや、力強さに慣らされてしまったみたいだ。

「馬鹿だな。俺がどれだけお前と暮らす日を心待ちにしているのか、まだ分かっていないらしい」

「分かっているわ。楽しみにしてくれているって。でも……ごめんなさい、変な事を言って」

「アリシア。俺はお前と過ごして退屈だと思った事はないぞ」

わたしの心の内側を見透かしたみたいに、ノアがそう口にする。近い距離で、前髪の隙間から紫の瞳がわたしの事を見つめていた。

「お前が笑ってくれて、傍に居てくれたら、それだけで日常は色付くんだ」

優しい声に胸の奥が苦しくなる。

その言葉が本当だって分かってる。だってノアは……わたしに嘘《うそ》はつかないもの。それに、わたしも同じ気持ちだ。

「……おかしな事を言ってごめんね」

「不安な事があったら何でも零せよ。抱え込んでもいい事ねぇだろ」

「そうね。ありがとう、ノア」

先程まで感じていた、もやもやとした気持ちの悪い感情がすうっと消えていくのが分かった。ぎゅっと自分からも抱き着きながら深く息を吸う。

「わたしも同じよ。ノアと一緒に居るだけで幸せなの」

想いのままに紡いだ言葉に、ノアが笑う。笑みを浮かべた唇が、わたしの唇に触れて——吐息さえも口移しした。

図書室でお喋りを楽しんでいたら、時間はあっという間に過ぎてしまった。

懐中時計で時刻を確認したノアが、小さな溜息《ためいき》をついてからわたしをぎゅっと抱き締める。

「悪い。夕方から詰所に顔を出すよう言われてたんだ」

「ううん。忙しいのに、来てくれて嬉しかったわ。ありがとう」

「俺が会いたかったんだ」

昨日の事があったから、わたしの傍に居てくれようとしたって知っている。

ノアの優しさに胸が苦しくなって、好きだという気持ちが溢《あふ》れておかしくなってしまいそう。

その気持ちに蓋をする事なんて出来ないから、ノアの背に両腕を回して抱き着いた。

「わたしも会いたかった」

素直に思いを吐露すると、ノアが腕に力を籠めてくる。

「中々会うのも難しいし、変な噂《うわさ》は出回るし、そのせいでお前まで絡まれるし……そんな中で俺に出来るのは、お前にちゃんと伝える事くらいだろ。本当はいつだって傍に居て、お前を悪意から遠ざけたいんだけどな。こんな状況だからこそ会えるなら会いたいし、それが難しいなら手紙でも何でも使って、俺がアリシアだけを想ってるって伝えたいんだよ。でもこれは……俺の自己満足かもな」

「そんな事ないわ。ノアがそうしてくれなかったら、きっとわたしは一人で抱えてもやもやして、不安に苛《さいな》まれてひどい事になっていたと思うもの。……わたしを大事に考えてくれていてありがとう。そういうところも大好きよ」

この優しさが自己満足なわけがないのに。

わたしがどれだけ救われているのか、伝わればいいなと思う。心の全てを曝《さら》け出《だ》して、わたしの心がどれだけノアで満たされているのかを伝える術《すべ》があればいいのに。

小さく頷いたノアが「帰したくねぇ」なんてぼそりと呟《つぶや》くものだから、背中をとんとんと叩《たた》いて促した。この後は用事があるのだもの。ここでのんびりしているわけにもいかないから。

「ほら、帰りましょ。ここからなら真っ直ぐに王宮に行った方が近いわね」

「何言ってんだ。送ってく」

「遠回りになってしまうわ。わたしなら――」

「俺が大丈夫じゃない。お前の無事が確認出来ないと、俺の心臓がもたない」

きっぱり言い切るその様子に、これ以上拒否する事は難しそうだ。

それならお願いした方が、きっとお互いの為にいい。そう思って頷くけれど、ノアは中々離してくれなかった。

その腕の中があまりにも心地よくて、わたしから抜け出すのは大変なのに。

もう少しだけ……と自分に言い訳をして、わたしもまたノアにぎゅっと抱き着いた。

＊＊＊

仕事を休んで二日目。

今日はいつもの時間に起きられたから、ゆっくりと過ごす事が出来そうだった。

カーテンを開けた先には綺麗な青空が広がっている。雲もなく、朝だというのに既に陽射しが強い。今日は暑くなりそうだ。

朝に届いていた手紙に添えられていたのはカンパニュラ。鮮やかな青紫の花は、音が鳴るのではないかと揺らしたくなるくらいに鐘に似ている。その花姿も可愛らしくて、わたしの大好きな花だ。

机においてある花瓶にそれを挿すと、贈られてくる日々の花で賑やかになってきたのが嬉しい。

昨日貰ったブーケはベッドサイドのテーブルに飾ってある。

薄紫の封筒を開くと、綺麗な文字が並んでいた。

指先でなぞればその熱さえ伝わりそうな想いが綴《つづ》られていて、幸せな気持ちで満たされていく。

「昨日会ったばかりなのにね。でも、わたしもそう」

そう呟きながらなぞったのは、『会いたい』の一文だった。

午前中はクローゼットの整理に費やした。

母と一緒にのんびりと昼食をとり、それから暇を持て余したわたしは——お菓子を作る事にした。

何を作ろうか悩んだけれど、選んだのは紅茶のマフィン。

これなら日持ちがするし、作るのだって難しくない。何度も作った事があるというのも決め手だった。

向かった調理場には夕食の仕込みをするドロテアもいて、彼女はどうしてあんなに手際がいいのかと目で追ってしまった。

幼い頃から不思議で、何度となく問いかけても「慣れているから」以外の答えが返ってきた事はない。

「ねぇ、わたしが何でも好き嫌いなく食べられるのって、ドロテアのおかげよね」

「どうしました、アリシア様」

柔らかくしておいたバターを泡だて器を使って混ぜながら、ふと思った事を口にする。

お鍋をかき混ぜていたドロテアは、わたしの言葉に振り返りながらおかしそうに笑った。

「だって何でも美味しいんだもの。苦味の強い野菜だって、骨の多いお魚だって、ドロテアが美味しく調理してくれたから食べられたのよ」

「アリシア様は何でも召し上がって下さいましたからね。私も作り甲斐《がい》がありました」

「見た目が美味しそうだから、初めて見る食材でも口にする事が出来たのよね」

「ありがとうございます。……アリシア様がお嫁にいかれたら寂しくなりますね。どれくらいの量を作ればいいのか、見誤ってしまいそうです」

そうだ、ノアと結婚したらドロテアの料理は食べられなくなるのだ。

幼い頃からずっと口にしてきたから、少し寂しくなってしまうくらいにドロテアのご飯は美味しい。結婚したって、ここはわたしの家だから、帰ってきたら食べられるのだけど……分かっていても寂しいのだ。

そんな事を考えながら混ぜていたバターが白っぽくなってきたところで、計っておいたお砂糖を二回に分けて加えた。その都度よく混ぜると、ざりざりとした感触がなくなって、よく混ざったのが分かる。

溶き卵も二回に分けて混ぜる。それから……茶葉。

「わたしも寂しくなるわ。このマフィンもドロテアに教えて貰ったのよね」

「今では私よりもお上手ですよ」

「ううん、まだまだドロテアの味には敵わない。これからも教えて貰わなくちゃ」

「私で良ければ、いつだって喜んでお教えします」

紅茶缶を開けるといい香りが広がって、胸いっぱいにそれを吸い込むと紅茶が飲みたくなってしまった。

今日のおやつの時間はアイスティーを楽しもう。少し濃い目のものがいい。

材料を混ぜているボウルの中に、茶葉を入れる。入れ過ぎたかもしれないけれどいいでしょう。

牛乳を入れながらまたかき混ぜる。色々なものが混ざって、ひとつになっていくのを見るのは楽しい。美味しいものは、様々なものが重なり合って出来ているのだ。

ふるって合わせておいた粉ものも、二回に分けて入れる。

ここで混ぜすぎてはいけないと、ドロテアに口を酸っぱくして言われた事を思い出す。最初はその言いつけを守らずに、思いっきりかき混ぜたから上手く膨らんでくれなかった。

それでも家族やドロテア、マルクは美味しいと言ってくれたけれど。やっぱり守らなければならないやり方もあるのだ。

「アリシア様、オーブンの準備が出来ましたよ」

「ありがとう」

型にはマフィン用の紙カップを入れてある。

たっぷり入れたくなるけれど、生地は七分目まで。これも守らなくてはいけない事。

もったりとした生地を、スプーンを二本使って流し入れていく。

たっぷり食べたいからって、ちょっと作り過ぎたかもしれない。出来上がる数は全部で三十二個の予定。

美味しく出来たらノアにも届けよう。

思えば、わたしが作ったお菓子を渡すのは初めてなのではないだろうか。今までにそんな機会はなかったけれど、もし喜んでくれたら……もういらないと言われるまで作り続けてしまうかもしれない。

そんな自分を想像して、思わず笑ってしまった。

型に入れ終えたものから順番に、オーブンに入れていく。

熱いから触ってはいけませんと、オーブンを扱うのはドロテアに任せてばかりだった。いつから自分で入れるようになっただろう。それがきっと、もう幼い子どもじゃないとドロテアに思って貰えた時だったのかもしれない。

「あとは焼き上がりを待つだけね」

「お疲れ様でございました」

オーブンの側にいるだけでひどく暑い。

窓を開けているけれど、涼やかな風もオーブンの熱気には負けてしまうようだ。

「アイスティーを用意してございますよ」

「ありがとう！　今日はアイスティーが飲みたかったの」

「それはようございました。サロンでお飲みになりますか？」

「ううん、ここでいただくわ」

「かしこまりました」

調理台の端に椅子を持っていくと、そこに背の高いグラスとマカロンの載った皿が用意される。ピンク色の可愛らしいマカロンはイチゴ味だろうか。氷で満たされたグラスにドロテアがアイスティーを注ぐと、一気に浮かび上がった氷がぶつかり合って澄んだ音を立てた。

大きなガラスポットにはまだアイスティーがたっぷり入っている。それをグラスの横に置いて、ドロテアは調理場を後にした。

料理だけでなくこの屋敷の家事を全て担っているから、ドロテアはいつも忙しいのだ。にこやかで焦っている様子は見た事がないけれど。

さっそくグラスを手にしてアイスティーを一口飲んだ。

少し濃い目に淹《い》れてあって、それもわたしが飲みたかった通りの味だ。

暑かった体がゆっくりと冷えていく。

窓から入り込む風と、冷たいアイスティー。こんなのんびりした午後もいいなと思った。

本を持ってきたらよかった、なんて考えながら調理台の上に両腕を重ねてそれを枕にする。自室まで取りに行けばいいだけなんだけど、何だかそれも面倒で。

離れた場所にあるオーブンの中が、暖かなオレンジ色で満たされているのをぼんやりと眺めていた。

「あら、いい匂いね」

不意に聞こえた声に顔を上げる。

調理場に入ってきたのは母だった。この中は暑いのか、手にしていた扇を開いて、ぱたぱたと扇いでいる。

「マフィンを焼いているの。お母さんもアイスティーを飲む?」

「いただこうかしら。私もここで、焼き上がりを待っていても構わない?」

「それはもちろん。でも暑いでしょう」

「アイスティーがあるなら平気よ。それに焼きたてを食べたいもの」

ふふ、と悪戯《いたずら》っぽく笑う母の様子につられてわたしも笑ってしまった。

席を立ち、食器棚からグラスを取る。ドロテアがアイスペールを用意してくれていたから、グラスの中に氷を入れた。カラカラと響く高い音が涼やかだ。

調理台へ戻ると、母が椅子を運んできたところだった。

ピッチャーからグラスへアイスティーを注ぎ、母の前に置く。

わたしのグラスは結露してしまっていたから、ナフキンで雫を拭きとった。指先に触れた水が冷たくて気持ちいい。

「今日はジョエル君は来ないのね。皆が残念がっていたわよ」

「お仕事だもの。今日と明日も王都外に居るみたい。明後日は騎士団の詰所に戻ってくるみたいだけど」

手紙の内容を思い出しながらそう口にする。

今日も商会の職員が来てくれているのだけど、余程昨日ノアに剣を見て貰った事が嬉しかったらしい。わたしも何度も聞かれたもの。「アインハルト様はいらっしゃらないんですか」と。

「そうなの。あなたはもう暫く休むのよね？」

「それが……明後日は行こうかと思っているの。後で上司にもそれを伝えなきゃいけないんだけど」

「あら、でも……王女様が帰るのがその明後日でしょう？　会ってしまうんじゃない？」

アイスティーのグラスを口元に寄せながら、心配そうに母が表情を曇らせる。

わたしはマカロンの小皿を母の方へ動かしながら、大丈夫だと笑ってみせた。

「明後日は新刊がたくさん入ってくるの。人手がいるから、わたしも行こうと思って。裏で作業をするから、王女様に会うような事はないわ。それに……王女様も帰る当日に絡んでくるような時間は無いだろうし」

「それはそうかもしれないけれど……。まぁあなたが決めた事なら反対はしないわ。ただ気を付けて欲しいって、そう思うだけよ」

「ありがとう、お母さん」

大事にされていると思う。

母も、父も兄も……家族だけじゃなくて、友人や近しい人達にも。

何だか今日はそれを強く実感してしまって、胸の奥が切なくなってしまう。込み上げてくる感情を飲み込もうと、アイスティーを口に含んだ。

「そういえば昨日行った新居はどうだった？」

「とっても素敵だったわ。新しく裏庭に東屋を作る事になったから、また工事が入るの。図書室から裏庭に行くための扉もつけてくれるって」

「あらあら。結婚式がまだ先で良かったわねぇ」

　おかしそうに母が笑う。マカロンを摘《つま》む細い指には、父の瞳と同じ色の石がついた指輪が嵌《は》められている。昔からその指輪を撫でる癖があるのだけど、母は気付いているのだろうか。

「それがね……お母さん。わたし達……結婚式を早めたいの」

「ええ？」

「冬の予定だったけど、秋とか……。準備が大変なのは分かっているけれど」

　母は小さく頷いて、ピンク色のマカロンを齧《かじ》った。

　無理を言っているのは分かっている。アインハルト伯爵家にも伝えないといけないし……それはノアがしてくれると言っていたけれど、わたしもあちらのお母様と話さなければならないだろう。

「今回の件があったからでしょう。気持ちは分かるわ、早く一緒になって安心したいのよね」

「ええ。……婚約者よりも、強い繋がりになりたいの」

　ふぅ、と深く息をついてから母は優しく微笑んだ。

　調理台の上にあるわたしの手に、母の柔らかな手が重なる。少しひんやりとしているこの手が、幼い時から大好きだった。

「あなたも忙しくなるから、覚悟なさいね」

「ん……分かってる」

「……冬までは一緒に過ごせると思ったけれど、少し早くなってしまうのね」

「お母さん……」

「あなたが幸せになるのは嬉しいのよ。でも寂しく思ってしまうのはどうしようもないわね。結婚したってあなたは私の娘だし、ここがあなたの家だというのは変わらないのだけど」

わたしも寂しい。

ノアと一緒になりたいけれど、この家を離れるのはやっぱり寂しい。

泣きそうになるのを堪《こら》えていると、くすくすと笑い声を漏らした母がわたしの眉間を指でつついた。

「ひどい顔をしているわ。あなたはまだお勤めするし、新居だって王都にあるからいつだって会えるのよね。セシリアとも会えているんだから、あなたとも会えるわ」

姉のセシリアは子爵家に嫁いでいる。

お腹が大きくなってきたのと、悪阻《つわり》がひどくて屋敷で休んでいる事が多いと聞いた。姉の体調が良くなったら、お見舞いに行こうと兄と今朝話したばかりだ。

ジリリリリ……とベルの音が調理場に響いた。

焼き上がりを報せる音に、慌てて椅子から立ち上がる。

「いけない、すっかり忘れていたわ」

オーブンの隣に置いてある厚地のミトンをはめて扉を開けた瞬間、マフィンのいい匂いが一気に溢れ出てくる。

四つの天板を順番に引っ張り出し、調理台の上に並べていく。

うん、綺麗な焼き目がついている。焦げてはいない。

確認の為に串を刺してみるけれど、生焼けの生地がついてくる事はなかった。

大丈夫、今日も美味しそうに出来上がった。

全部を型から外していくのは大変だった。火傷《やけど》しないように気を付けながら作業するのが疲れるくらい、大量に出来上がったから。

用意したお皿に一つずつ載せて母の元に戻ると、手を合わせて小さな拍手をしてくれた。ナイフとフォークも手渡して、わたしもまた席につく。

「綺麗に焼けたわね。美味しそうだわ」

「まだ熱いから気を付けてね」

「ええ。でもこの熱いうちに食べるのが美味しいのよね」

母もいつもマフィンを手で食べるけれど、さすがに熱過ぎる。わたしもナイフとフォークを使って、食べやすい大きさに切り分けた。

マフィンを刺したフォークを口に寄せると、紅茶の香りがふわりと舞う。

湯気が立っているのも美味しそう。ふぅふぅと気持ちばかり吹き冷まして、まだ温かいそれを口に入れた。

「んん！　美味しい、けど……っ、あっつい」

吐く息まで熱くなってしまっている。何とか咀嚼《そしゃく》して飲み込むと、熱い口内をアイスティーで冷やした。

茶葉を入れ過ぎたかと思ったけれど、これくらいでちょうど良かったみたいだ。バターの風味の中に、紅茶の香りがしっかりと溶け込んでいる。もう少し甘くてもいい気がするけれど、冷めたらきっと甘さを感じるだろう。

焼きたてだから表面が少しサクサクしているのも美味しい。冷えたらしっとりするから、これはやっぱり焼き上がりを待っていた人の特権だ。

「とても美味しいわ。それにしても随分作ったのね」

「いっぱい食べたいと思って……でも本当ね、ちょっと多過ぎたかも。ノアにも届けようと思っているの」

「きっと喜んでくれるわね」

母の言葉に頷いてから、アイスティーを口にした。

きっと……ううん、絶対喜んでくれる自信がある。

だってこんなにも美味しく出来たんだもの。ノアなら、少しの失敗くらい笑ってくれる気もするけれど。

会いたいな、なんて思うのは何度目になるだろう。

今日の手紙は、その気持ちを素直に綴ろう。そう思いながらまたマフィンを切り分けた。

次の日の朝、ノアから届いた手紙にはマフィンのお礼が綴られていた。

昨日のうちにマルクに頼んで宿舎に届けて貰って本当に良かった。ノアからの手紙の文字を指でなぞりながら笑みが漏れた。

――美味しかった。誰にも渡したくなくて、ラルスに強請《ねだ》られたけどやらなかった――

二人のやりとりが想像できてしまって、可笑しくなってしまう。

まさかこんなに喜んでくれると思わなかったから、何だか恥ずかしい気持ちもあるけれど。

手紙にはマフィンのお礼の他に、わたしを心配する文も綴られていた。

明日から出勤する事を手紙に書いたから、やっぱり不安に思うらしい。事情もちゃんと書いたし、裏から出ないという事も記したからか、反対はしなかったけれど。

――出来るだけ様子を見に行く――

ノアもお仕事が忙しいのに。

でもその心遣いが嬉しかった。迷惑にならないよう、明日は本当に裏から出ない。食堂にも行かないし、一人にならない。

改めて、自分にそう言い聞かせた。

＊＊＊

そして、翌日。

気持ち良く晴れた、いい天気だった。

マルクにお願いして、馬車で図書館まで送って貰う。周囲に誰もいない事を確認して、急ぎ足で館内に入るわたしはとても怪しかっただろうと思うけれど。

上司にも連絡をしておいたから、わたしは出勤してすぐに職員専用区域にある会議室へと向かった。今日は完全に裏方作業だから、制服に着替える事もない。

会議室の机の上には、既に新刊本が山積みになっている。用意されているリストと照らし合わせ、図書館所有の印を付け、分類ごとに整理していく仕事だ。

少しの量なら館内で別の仕事をしながら行うのだけど、これだけの量ならこの作業に専念した方がいい。今日は表に出たくないわたしにぴったりだと思った。

もう始業時間だし、早速始めよう。

腕まくりをしたわたしは、気合を入れてまず一冊の本を手に取った。

異国のレシピをまとめたお料理本だ。これは後でわたしも読みたいから、覚えておこう。あまりりす亭に持っていったら、きっと美味しく作ってくれるだろうから。

しばらく行っていないお店が恋しくて、小さな溜息が漏れる。エマさんとランチを一緒に食べてから、もう随分と経ったように感じてしまった。

ノアのお仕事が落ち着いたら絶対に行こう。ううん、今日で色々終わるんだから、もう明日でも明後日でも行けるかもしれない。

ノアと一緒に、あまりりす亭で美味しいご飯を食べる。そしてお酒を楽しむ事を想像すると、それだけでお腹が空いてくるようだった。


お昼を告げる鐘が鳴って、わたしは大きく伸びをした。

背中がパキパキと小さな音を鳴らすくらいに、同じ姿勢を取り続けてしまっていたようだ。

周囲を見回すと作業の終わった本は半分ほど。これなら今日の終業時間までには全部終わらせる事が出来るだろう。書架に並べるのは明日以降になるけれど、この作業さえ終わっていればいつでも出せる。

わたしが立ち上がるのと、会議室の扉がノックされるのとは同時だった。

誰か分からないから、怖くて返事が出来ない。まさか王女様ではないと思うけれど、でも……。

「アリシア、私よ」

「……ウェンディ」

わたしの不安を感じ取ったように、明るい声が掛けられる。

昼食を食堂から持ってきてくれると言っていたから、きっとそれだろう。ほっとしながら扉に近付いて、大きく開ける。

　ウェンディは二人分の食事が載せられたワゴンを押していた。

「ごめんなさい、大変だったでしょう」

「大丈夫よ、気にしないで」

　食堂から会議室までは距離がある。重くて大変だったと思う。申し訳なくて再度謝罪を重ねようとしたら、ウェンディが首を横に振った。

「そこまではラルスさんが押してくれたの。だから大丈夫よ」

「そうだったの。でも、本当にありがとう」

「どういたしまして。さぁ食事にしましょう」

　本が積んである場所からは距離がある、空いたテーブルを食事の場とした。

　今日のメニューは鶏のトマト煮だ。それにいちじくとオレンジのサラダ、十字にクープの入った丸パン。デザートはレモンムースのようだ。

「美味しそう」

　手を組み、感謝の祈りを口にする。

　スプーンを手に取ったところで、ひとつ思い出した事があった。手を伸ばせば届く位置にあるバッグを引き寄せる。席を立てばすぐなのだけど、ぎりぎり届く場所だから、少し横着してしまった。

「これ、わたしが焼いたマフィンなの。よかったら食べて」

「美味しそう。遠慮なく頂くわね」

包んだマフィンをウェンディに渡す。

これは昨日また焼いたマフィンで、ドライフルーツ入りと、紅茶を混ぜ込んだもの。連日のマフィンになってしまったけれど、父と兄にリクエストされたのだ。紅茶のマフィンはあっという間になくなってしまったから、もっと食べたかったと言われてしまっては作る以外の選択肢はなかった。

ウェンディはマフィンの包みを開けている。食事の前だけど……と言いかけたわたしに、悪戯っぽく笑いかける。

「食べたいものから食べなくちゃ」

「ふふ、それもそうね」

確かにわたしも、逆の立場なら同じようにマフィンから食べていただろう。それに食べたいと言ってくれるのが嬉しくて、笑みが零れた。

わたしはスプーンを鶏のトマト煮に沈めた。

鶏肉を口に運ぶと、ほろほろと解けてしまうくらいに柔らかかった。トマトの酸味と、ほどよい甘味がとても美味しい。コリコリとした食感は、キノコだろうか。

「このマフィン、とっても美味しいわ。後で作り方を教えてくれる？」

「もちろん。うちのハウスメイドのドロテアが教えてくれたレシピなのよ」

「私でも作れるかしら」

「とても簡単なの。今回はドライフルーツと紅茶だけど、チョコレートや蜂蜜を入れてもいいわよ」

ウェンディはあっという間に一つをぺろりと食べてしまった。

もう一つのマフィンに手を伸ばして……さすがにやめたようだ。名残惜しそうな視線を送っているけれど、それだけ気に入ってくれたかと思って嬉しくなってしまう。

「そういえば……王女様が出発される時間は決まっているの？」

サラダを食べながら、ふと気になった事を聞いてみる。

いちじくは甘くて、とろみがある。オレンジソースが掛かっているようで爽やかな香りが鼻を抜けていった。うん、これも美味しい。

「お昼頃の予定と聞いているわ。帰ったのを確認したら教えるわね」

「ありがとう。ラジーネ団長も大変だったんじゃない？」

「ええ、詳しい話をされたりはしないけれど、きっと大変だったと思うわ。でもそれよりも王太子殿下の方が疲れているかもしれないわね」

確かにそうだ。

王女様が何かをする度に、王太子殿下が駆り出されていたもの。日々の執務もある中で、忙しくしていた事だろう。

ウェンディと顔を見合わせて、二人して苦笑いが漏れてしまった。

「ちゃんと帰ってくれたらいいわね」

「嫌だわ、怖い事を言わないで」

ウェンディの言葉に、なぜだか体が震えた。嫌な予感……とまではいかないけれど。

でもまさか帰らないという事もないだろう。だからきっと大丈夫。

そう自分に言い聞かせながら、大きく切られたオレンジを口に入れた。酸味が強くてさっぱりとしている。いちじくが甘いから、これくらい酸っぱい方が合うのだろう。

今日もご飯が美味しい。……全部解決していたらもっと美味しいのだろうけど、それももうすぐだ。


昼食を食べ終わって、もう少ししたらお昼休憩も終わり。

会議室の扉がノックされたのは、そんな時だった。

ノックの音に体が強張る。それはわたしだけじゃなくてウェンディも同じだったようで、警戒するような視線を向けていた。

わたしに「待ってて」と小さな声で告げた後、席を立って扉に向かう。本当はわたしも行くべきなのだろうけれど、もし相手が——王女様だったら。それが分かった時点で姿が見えないところに隠れさせて貰うつもりだった。

　扉に近付いたウェンディは、ノックの主と何か話をしているようだけれど、相手の声はわたしのところまで届かない。でもウェンディがほっとしたように肩の力を抜いた事は分かったから、王女様ではないようだ。

　わたしも席を立って扉に向かった。

　ウェンディが扉を開けると、そこに居たのは騎士服姿で前髪をしっかり上げたノアと、ラルスさんだった。

「ノア……」

「休憩中にすまない。様子を見に行くと言っただろう？」

「そうだったわね。ありがとう」

　本当に来てくれるとは思わなかったから、凄く嬉しい。それだけ心配させてしまっているという事なのかもしれないけれど、嬉しくて笑みが零れてしまった。

　ノアも目元を緩ませて、下ろしたままのわたしの髪に指を絡めた。

「アリシアちゃん！　ちょっとアインハルトに言ってやってよ！」

　ラルスさんの大きな声にびっくりして肩が跳ねる。一体どうしたのかとそちらを見ると、ラルスさんの隣ではウェンディが苦笑いをしていた。

「俺にマフィンを分けてくんねぇの。いくら頼んだって全部ひとりで食べちゃってさ〜。俺もアリシアちゃんのマフィン食べたかった……」

拗《す》ねた様子のラルスさんに、ノアの手紙の一文が頭をよぎる。

――強請られたけどやらなかった――

「じゃあまた今度作ったら――」

「やらなくていい」

今度作ったら持っていく……と言おうとした声は、ノアに遮られてしまった。

「えー！　アリシアちゃんは今、くれるって言おうとした感じなのに？」

「そんなにマフィンが食べたいなら買ってやる。どこの店のがいい？」

「そうじゃなくて、俺は手作りの――」

「店で売ってるのだって手作りだぞ」

「そうだけど、そうじゃなくて！」

二人の掛け合いが面白くて、わたしとウェンディは思わず笑ってしまっていた。

ウェンディはわたしだけに見えるように、口元に人差し指をあてている。その悪戯っぽい表情に、わたしがウェンディにマフィンを渡した事は内緒にするというのが分かった。

「お前がこんなに独占欲の強い男だったとは……」

「俺だけじゃない。きっと団長だってそうだろう」

「確かに……」

がっくりと項垂《うなだ》れているラルスさんは、すぐにぴっと姿勢を正したかと思ったらノアに指を突き付けた。

「俺に恋人が出来て、手作りのものを貰ってもお前には絶対やらないからな！」

「ああ」

「うわ余裕だよ、この男」

両手を肩の高さに上げて盛大に肩を竦《すく》めるラルスさんは、わざとらしく溜息をついてからウェンディへと向き直った。両手の人差し指で壁の方を指し示しながら「夫人にお話があったんだ」と言っている。

ウェンディとラルスさんが少し距離を取ったので、もしかしたらこれは気を遣ってくれたのかもしれない。

「悪い。騒がしかったな」

「ううん、仲が良いのね。……マフィンくらい、いくらでも焼くのよ？」

「お前のマフィンが美味いって、食べさせて自慢してもいいんだけどな。でもなんか……癪《しゃく》に障るから嫌だ」

溜息混じりの言葉に潜む独占欲。ノアのそんな面が見られるなんて思わなくて、何だか胸がドキドキする。

「今日は迎えを頼んであるのか？」

「ええ。マルクが馬車で来てくれるって」

「それなら良かった。馬車が来るまでの間は俺が一緒にいる。この会議室に迎えに来たらいいか？」

「え？　迎えはすぐに来るから大丈夫よ。お仕事を抜けてくるんでしょう？」

ノアは触れたままだったわたしの髪をそっと放すと、その手で頬を包み込む。親指の腹でわたしの目元を撫でながら、ふっと笑った。

露《あら》わになっている夕星《ゆうつづ》の瞳が優しく細められている。

「問題ない。ここから門までだとしても、心配なんだ。俺の平穏の為にそうさせてくれ」

「……分かった。じゃあ、お願いするわね。ねぇ、ノア……」

「ん？」

「いつもありがとう」

わたしの言葉にノアは目を瞬《しばた》いて、先程よりも笑みを深めた。

その笑みに好きって気持ちが溢れていく。ノアの事が好きだと思い知らされて、胸の奥がきゅっと切なく締め付けられた。

ノアの指が目元から唇へと滑る。彼が口を開いて――

「ええ⁉　嘘でしょう⁉」

ウェンディの声が響いた。

何かを言いかけたノアの口がぎゅっと閉じられた。わたしに触れていた手がゆっくりと離れていく。一体どうしたのだろうと、わたし達は視線をウェンディに向けた。

ウェンディは大きな声を出してしまったからか、気まずそうに両手で口を覆っていた。

「どうしたの、ウェンディ」

眉を下げたウェンディは、ラルスさんとノアに視線を向けてから、口に当てていた両手をそっと下ろした。

「……カミラ王女が、部屋に閉じ籠もって出てこないって」

「ええ？」

ノアに顔を向けると、彼は溜息をついてひとつ頷いた。

「お昼ごろに帰られるって……」

「その予定だった。帰国するための準備も全て整い、あとは馬車に乗るだけだったんだが……帰らないと駄々をこねて部屋に籠もっている」

予想外といえばそうだし、予想通りともいえる。

思わず漏れた溜息に苦笑いするしかなかった。

でも、そうか。だからノアは——

「勘違いはしないように。王女殿下が帰国していても、お前に会いにここに来るつもりだった。帰りに馬車まで送るのも、王女殿下がいようといまいと変わらない」

わたしの心を読んだような言葉に、少し驚いてしまう。でもその気持ちが嬉しくて、わたしは笑みを浮かべて頷いていた。

「ありがとう」

王女様が帰らなくて、きっと彼も大変だろう。落ち着かないだろうし、出歩くにしても気を張っていないといけない。

それでもわたしに会いに来てくれるから、大事にされていると実感してしまう。

「まぁそういうわけだから、アリシアちゃんも気を付けてね」

「アリシア、絶対にこの会議室から出てはだめよ」

心配してくれる二人の気持ちも有難い。ここまでして貰って、わたしの不注意でトラブルに巻き込まれるような事は絶対に避けなくては。

パチン、と高い音が聞こえた。

何かとノアに目を向けると、懐中時計の蓋を閉めた音だった。黒の懐中時計からは金の鎖が垂れている。

「そろそろ時間か」

「そのワゴン、俺が食堂まで持っていってあげるよ」

そう言うとラルスさんはトレイをワゴンに載せ、それを押していく。

「ありがとう。じゃあアリシア、また後でね」

「ええ。ウェンディも気をつけて」

わたしの言葉に笑みで応えて、ウェンディは扉を開ける。先にラルスさんが出て、それからウェンディが会議室を後にした。

「また後で」

「ノアも気をつけてね」

「詰所の奥に籠もって書類仕事をしているからな、俺も会わずに済みそうだが。ジーク殿下やラジーネ団長は頭を抱えていると思うぜ」

振り回される二人を思い浮かべると苦笑いしか漏れない。

ノアはわたしのピアスを揺らしてから、掠《かす》めるような口付けを唇に落とした。

それだけでわたしの顔が一気に熱を持ってしまう。

「ちょ、っ……と！」

「誰もいねぇよ」

こんなところで、と続くはずの言葉は笑み混じりのノアの声に遮られる。わたしの頭を優しく撫でてから、ノアも会議室から出て行った。

扉が閉まる音が聞こえるのに、わたしの鼓動の方が大きいみたい。

唇を指でなぞる。指に触れる吐息が熱を持っていた。

夕方までに作業は終わって、書架に並べやすいよう本をワゴンに載せるところまで出来た。

使った道具も片付けて、腕時計を確認すると終業までもうあと僅かという時間だった。

わたしはバッグから手帳とペンを取り出して、ワゴンの前にしゃがみこんだ。

借りたい本があるから、メモをしておいたほうがいいだろう。書架に並べて暫く経って、借りる人がいないようだったらわたしが借りよう。

そう思って背表紙を指でなぞりながらタイトルを確認していく。

「この上下巻のミステリーもの、面白そうだと思ってたのよね……。それと、レシピ本と……」

――コンコンコン
ノックの音に顔を上げる。誰か分からないから返事はしない。

手帳を閉じてバッグにしまいながら扉に近付くと、「俺だ」とノアの短い声がした。

扉を開けると、まだ騎士服姿のノアが立っていて、わたしを見た紫の瞳が優しく細められた。

「終わったか？」

「ええ。ノアはこの後もお仕事？」

「もう少しな。そんなにかからねぇとは思うが」

終業の鐘が鳴る。図書館はもう閉館しているけれど、今日は館内に出ないでこのまま帰っていいと、上司に言われている。

後で手が空いた時に、会議室を確認して施錠してくれるそうだ。

「じゃ、行くか。マルクさんはどこに来る予定だ？」

「裏門の方に」

頷いたノアが手を差し出してくれるから、バッグを肩に掛けてから手を繋いだ。伝わる温もりが愛しくて、合わせてくれる歩調も優しくて、頬が緩むばかりだった。

でも、そうやって浮かれてばかりもいられなくて——

「……王女様は？」

廊下を歩きながら問いかけると、ノアが形の良い眉を下げた。

それだけで、この後の答えが分かってしまう。

「まだ部屋に閉じこもっているらしい。何をするか分からなくて、こじ開ける事も出来ないそうだ」

「そうなの……」

「ジーク殿下が言うには『もう少し』らしいけどな。まだ胃薬が手放せないと思うぜ」

王女様が何かをする度に、飛んできていたジーク殿下が思い浮かぶ。気の休まる時なんて無かったんじゃないだろうか。

きっとそれはノアもだけど。この件が終わったら、本当にゆっくり過ごして貰いたいと思う。そして出来れば、その隣にわたしも居たい。

裏口の扉を開けたノアが、周囲へ目を向ける。探るような様子は真剣そのもので、声を掛ける事が出来ないくらいだった。

「……誰もいないな。マルクさんが来たら、お前もすぐに帰った方がいいな」

「ええ、そうする。ノアも帰れそう？」

「宿舎に戻るより詰所に籠もってた方がバレなさそうだからな。王女殿下が帰るまでは詰所に居るさ」

「早く帰れるといいわね」

「そうだな。アリシアは明日の仕事はどうする？」

裏口から裏門へ歩みを進める。

夕焼けが石畳を照らして眩《まぶ》しい程だった。すっかり陽も長くなって、夜の気配はまだ遠い。空に浮かぶ雲も金色に染まっていて、目の上に手庇《てびさし》を作った。

「明日は出勤するつもりだったんだけど……この後次第かしら。お帰りにならないなら、ちょっと難しいかもしれない」

「休んだ方がいいかもしれねぇな」

「ノアはどうするの？」

「そうなったら俺も休むさ。二人で休みを取れたら、どこかに出掛けるか」

ずる休みみたいで気が引けるけれど、魅力的なお誘いをすぐに断る事も出来なくて。庇にしていた手を下ろしながら、悩ましさは呻《うめ》くような声になって漏れてしまった。

「んん……行く」

「そう言ってくれると思った」

「でも明日、お休みにしなくちゃいけなくなった場合よ。そうじゃなかったら出勤するもの」

「分かってるって」

機嫌よさげなノアの様子につられるように、わたしの心も弾んでいく。

どこに行こうか。街のカフェだと目立ってしまうだろうか。二人でピクニックに出掛けてもいい。馬車で少し遠出するのもいいし、家具を選ぶのも楽しそう。

そんな事をお喋りしながらやってきた裏門に、まだマルクの姿はなかった。

でも人影がひとつ――あれは、ヨハンさんだ。

「……アンハイムの文官だな」

「ええ。図書館によくいらしていたし、ラルスさんとも仲が良くなったみたいで……」

「じゃあ厄介な奴じゃないって事だな」

少しばかり警戒していたらしいノアが、ラルスさんの名前を出したらちょっと力を抜いたのが分かった。

ヨハンさんはわたし達に気付くと、ほっとしたように笑みを浮かべている。

「アリシアさん、いいところに！　正門の場所は……んん？　あなたはアインハルト殿ですね！

うちの王女が本当にご迷惑を……」

ヨハンさんはぺこぺこと何度も頭を下げている。

ノアは片手を上げてそれを制止しつつ、わたしを庇《かば》うように一歩前へと出た。

「ここは裏門で、正門は反対側になる。貴殿はなぜこのような場所に？」

「……正門に行くつもりが、迷ってしまったようで……お恥ずかしい」

「……ヨハンさんは道を覚えるのが、ちょっと……苦手みたいで」

方向音痴とはっきり言うのも憚《はばか》られて、そんな言葉を口にしたけれどノアは納得してくれたようだ。ラルスさんと仲が良い、というのもあるのかもしれない。

「ここを真っ直ぐに行くと図書館の裏手に出る。図書館を迂回《うかい》すれば正門に近いが……」

「図書館まで行ければきっと大丈夫です！　僕までご迷惑を掛けてしまって、もうどうやってお詫《わ》びをしたらいいのか。でも、い、いい、もう少しなので」

もう少し。

さっきもこの言葉を聞いた気が……そうだ、ノアが話していたジーク殿下の言葉。わたし達の知らないところで、何か進んでいるのだろうか。

「では失礼します。アリシアさん、図書館も凄く楽しかったです！　出来る事なら全てを読むまで僕だけでも滞在したかったんですが、またそれは別の機会にでも」

そう言って手を振ったヨハンさんは、ノアの言った通りの道を進んでいく。間違わないか心配だったけれど、何とか大丈夫そうだ。

「……変わった人だな」

「凄く本が好きみたいで、館長とも仲良くなって語り合っていたらしいわ。それより……ヨハンさんも、もう少しって言っていたけれど、何があるのかしら」

「さぁな。だが――」

「アインハルト！」

ノアが言いかけた言葉は途中で遮られる。

静かだった裏門に響く、どこか焦りを含んだような声。そちらを見ると、ラルスさんが走ってくるところだった。

随分急いでいるようだけど、一体何があったんだろう。

「逃げろ！」

物騒な言葉が聞こえた。

何から、とか。どうして、とか。頭の中を疑問が沢山巡るけれど、そんなわたしと正反対にノアの行動は素早かった。

躊躇《ためら》いもなくわたしの事を横抱きにしたかと思えば、その場を駆けだした。

でも――裏門を蹴破るようにして入ってきた兵士達に、わたし達はあっという間に囲まれてしまった。

「くっそ……遅かったか」

人垣の向こうで、ラルスさんが肩で息をしている。

わたし達を囲んでいるのは……アンハイムの兵士達だ。

「ここが王宮の敷地内だと知っての狼藉《ろうぜき》か」

「あらあら、怖い声。久し振りに会えると思ったのに、逃げ出すなんてひどいわ。そこの騎士も……逃げろだなんて随分な事を口にするのね」

くすくすと笑みの混じった声が聞こえる。

兵士達が左右に割れて道を作る。ゆったりとした仕草で歩いてきたのは、侍女を引き連れたカミラ王女だった。いつもの装いとは違う、落ち着いたワンピースを着ているのはどうしてだろう。髪も一本の三つ編みにして肩から胸に垂らしている。いつもの美貌に変わりはないのだけど、地味な装いをしているのが不思議だった。

ノアはわたしをそっと下ろしてくれた。

まさかの展開に心臓がばくばくと騒がしい。不安と、恐怖が綯《な》い交《ま》ぜになってわたしの胸を巡っている。

肩に掛けたままのバッグのひもを両手でぎゅっと握り締めていると、ノアが腰を抱いて引き寄せてくれる。それだけで、強張っていた体から少し力が抜けたのが分かった。

「あなたがわたくしの護衛から離れたりするから、こんな手を使わないといけなくなってしまったのよ」

「お部屋に籠もっていたのでは？」

「部屋なんて朝から抜け出していたわ。お昼にあなたが図書館に入るのを見かけたから、きっとアリシアさんも来ているのだと思って。予想が当たっていて良かった。そうでなかったら、ブルーム商会にお邪魔するところだったわ」

　隣でノアが小さく舌打ちをしたのが聞こえた。

　抜け出す為に、いつもより目立たない装いをしていたのだ。そう気付いて驚くと同時に、そこまでして抜け出したいのかと……ノアと話をしたかったのかと、背筋が震えた。

「わたくしはお願いを聞いて欲しいだけなのよ。ちょっとした、ささやかな願いでしょう」

「何度も申し上げておりますが、その願いが叶《かな》えられる事はありません。カミラ王女殿下、兵を使うのはさすがにやりすぎです。外交問題に発展してもおかしくない事態故、退かれた方が宜《よろ》しいのではないでしょうか」

「別に国から兵を呼び寄せたわけではなくってよ。彼らも使節団の一員だもの、入国の許可は得ているわ」

　ノアは何の表情も浮かべていないけれど、苛立《いらだ》っているのが伝わってくる。その怒気にあてられて、わたしまでそわそわと落ち着かなくなってしまうくらいに。

　視界の端で、ラルスさんが動いたのが見えた。この場を離れようとしたけれど、兵の一人がしっかりとその腕を摑《つか》んでいるから難しいようだ。

「わたくし、これでも考えたのよ。婚約者が居て国を離れられないなら、アリシアさんに婚約を解消して貰おうと思ったの。でもそれもだめなんでしょう?」

ふぅと深い溜息をついているけれど、正直なところ、溜息をつきたいのはわたし達の方だと思う。

持っていた羽根の扇をゆっくりと開いたカミラ王女が、それを揺らめかせながら表情を笑みに一転させた。

「だからね、アリシアさんも連れてきていいわ。名案でしょう?」

これが最善手だと信じているように、それを口にするカミラ王女の表情は明るい。

ノアが先程よりも大きな舌打ちをしたけれど、聞こえていないかとハラハラしてしまう。

それよりも——名案とは。

まるで、カミラ王女が妥協をしているみたいだけれど。どうしてわたし達が、そんな我儘に付き合わないといけないのか。

わたしだって、苛立っている。

「わたくし、別にあなた達をどうしても引き裂きたいというわけではないのよ。わたくしはアインハルトを側に置きたい。あなた達は一緒に居たい。それなら皆でモンブロワに行くのが一番良い事なんじゃないかしらって」

「……お断りします。私も、アリシアもあなたについていく事はない」

「もう、我儘ねぇ。あなたの家はともかく、アリシアさんのご実家は困るんじゃないかしら」

また、ブルーム商会の事を……！

怒りで目の前が赤くなる。心臓が騒がしくて、呼吸が不自然に乱れた。

もうどうなったっていいから、この人に──

「アリシア」

全ての怒りをぶつけようかと、そう思った時に聞こえた声はとても柔らかだった。自分の名前がこんなに綺麗に聞こえるのは、彼が口にするからだって知っている。

顔を上げると、わたしを見つめる夕星が優しく細められていた。

「落ち着け」

「でも……！」

わたしの腰を抱いていた手が肩に移る。ぽんぽんと宥《なだ》めるように優しく叩かれて、気持ちが落ち着いていくのが不思議だった。

「カミラ王女殿下、あなたがアンハイムやモンブロワとブルーム商会との取引を選べるわけではありません。商会が選ぶ側だとご理解なさっては？」

「……アインハルト。随分とわたくしを軽んじてくれるのね？」

「事実を述べたまでですが。ブルーム商会ともなれば、アンハイムとの取引が無くなったところで痛手はないでしょう。むしろ困るのはそちらで、そんな事態を引き起こした王女殿下の責任になるかと」

「たかが商人の家でしょう。他に商家なんていくらでも――」

「商人を侮らない方がいい。特にブルーム商会の次期会長は敵には容赦しないのでね」

次期会長といえば……兄なんだけれど。

カミラ王女に対していい感情を持っていない兄が、過激な発言を繰り返していたのは家の中だけだったはずなのに。

でもノアの言う通りだ。

もしアンハイムから圧力を掛けられたとして、兄はすぐさまアンハイムを切るだろう。そしてその判断は他の商会にだって影響があるはずだ。きっとわたしの考えも及ばないようなことまでやるだろう……あの笑顔で。

「商会の件で彼女を脅そうとしても無駄です。私もアリシアもあなたの望む玩具《おもちゃ》ではない。あなたの我儘に付き合うつもりは欠片《かけら》もありません。甘やかされた子どものままで居られるのも結構ですが、それはあなたの世界の中だけにして下さい。私達を巻き込むのはいい加減に迷惑です」

「不敬が過ぎるわ、アインハルト。その罪を贖《あがな》う為として、無理矢理連れて行ったっていいのよ」

きっぱりと拒否の言葉を紡ぐノアの姿に、わたしの怒りはどこかに消えてしまったようだ。わたしが言いたかった事を、ノアが全て口にしてくれたから。

もしもこれでノアが何か罰を受けるような事があれば、共に行こう。

国を出る覚悟だって、とっくに出来ているのだから。

そんな事を思っていたら、こちらに近付いてくる複数の足音が響いた。目を向けるとラルスさんがお腹を抱えて笑っているのが見える。

わたしと目が合ったラルスさんは、こちらに向かって「よく言った」と親指を立てていた。

「何の罪だ。カミラ、いい加減に藪《やぶ》を突《つつ》くのはやめるんだな」

疲れが滲《にじ》んでいながらも、その声はよく通る。

戸惑うように道を空けた兵達の向こうから現れたのは、ジーク王太子殿下とラジーネ団長だった。後ろには騎士達が隊列を組んで続いている。

摑まれた腕を振りほどいたラルスさんが、その隊列に加わるのも見えた。

「やってくれたな、カミラ。アンハイムに正式な抗議文を送らせて貰うぞ」

「別に危害を加えたわけではなくってよ。ちょっとお話をしていただけじゃない」

カミラ王女の様子に、ジーク殿下の黄色い瞳が怒りを帯びて色を濃くしているように見える。

そんなジーク殿下を見ても、カミラ王女は気にした素振りもなく羽根扇を揺らめかせていた。

「……お前のところは教育を間違ったようだな」

「耳が痛い」

ジーク殿下の声に応えた声の主は、隊列を組む騎士達の中から聞こえた。

訳が分からないのはわたしだけではないようで、カミラ王女も眉を寄せてそちらを見ている。

騎士の中から前に進み出た人は、金の髪に青い瞳――カミラ王女によく似ていた。

「……アンハイムの第二王子だ」

「え？」

小声でノアが教えてくれる。

わたしの肩を抱きながらノアが少し下がった。囲んでいる兵士達もどうしていいのか分からないようで、わたし達を止める様子はない。

「もう帰っていいんじゃねぇかな、俺らは」

「さすがにだめだと思うわ」

わたしだけにしか聞こえないような声で、ノアがそんな事を言うものだから、苦笑いしか出てこなかった。

アンハイムの第二王子だというその人の後ろにはヨハンさんが控えている。

『僕は別にカミラ様の臣下じゃないので大丈夫です』

以前にヨハンさんが口にしていた言葉が蘇《よみがえ》る。

その時は深く考えなかったけれど……いま、繋がった。ヨハンさんは第二王子の臣下だったんだ。

さっき言っていた『もう少し』も、第二王子がいらっしゃるのを待っていたのかもしれない。

「お兄様、どうしてここに……」

「お前を連れ戻しに来た。だから私はお前が外遊に出るのは反対だったんだ。今更何を言っても遅いがな」

第二王子は冷たい眼差しをカミラ王女に向けている。二人は兄妹《きょうだい》なだけあってよく似ているのだけど、そのやりとりに親しみはあまり感じられなかった。

「お前達は下がれ。今すぐに帰国の準備をしろ」

「はっ！」

わたし達を囲んでいた兵の一団が、姿勢を正して敬礼をしている。先程までよりその表情は真剣で、綺麗な隊列を組んだかと思えばカミラ王女には目もくれずに王宮の方へと去っていってしまった。

残っているのはカミラ王女と、付き従う侍女。侍女の顔色は悪いけれど、それでもカミラ王女から離れるつもりはないようだ。他にも侍女は沢山いたけれど、王女様がお忍びで外に出る時に、付き従っていたのはいつもこの人だった。きっと信頼をおいている人なのだろう。

他にこの場に居るのはジーク殿下とラジーネ団長、ラルスさんを含む騎士達。第二王子とヨハンさん、それから第二王子の後ろに控える兵士が数人。そしてわたしとノアだけだった。

「連れ戻すも何も、わたくしは理由があって残っていたのよ。アインハルトが頷けば、すぐにでもアンハイムに帰ったもの」

「お前はバカか。外遊先の騎士に惚れ込んで、連れて帰ろうとするなんて正気の沙汰ではないぞ」

「あら、わたくしはアインハルトに邪《よこしま》な想いを抱いているわけではなくってよ。お気に入りを手元に置きたいだけなのに、何がいけないのかしら」

ほっそりとした手を自分の頬に当てながら、困ったようにカミラ王女は溜息をつく。

それよりも大きな溜息をついた第二王子は、こちらに――というより、ノアに目を向けた。

「アインハルトという騎士は君だな。うちの愚妹《ぐまい》が迷惑を掛けた。君には後程アンハイムより正式な謝罪をさせてもらう。もちろん、婚約者殿にもな」

ノアは何も言わずにいたけれど、第二王子は気を悪くする様子もなく背後の兵達へ顔を向けると顎をくいっと動かした。それに応えるように兵達がカミラ王女を取り囲む。

「話が通じないのがこれほど厄介だとは。放っておいた私と兄の責任でもあるな。カミラ、お前がモンブロワ王国に嫁ぐ話はなくなった。お前を国外に出せばどんな災いを引き起こすか分かったものではないと判断した」

「……どういう事ですの。わたくしはモンブロワの希望で嫁ぐのではないですか」

「モンブロワがお前を望んだのは、姻戚関係となるアンハイムからの支援を求めての事だ。別に嫁ぐのはお前じゃなくてもいい」

カミラ王女の顔が不愉快そうに歪《ゆが》んだ。

閉じた羽根扇をぎゅっと握り締めたかと思えば、それを足元に叩きつける。思ったよりも響いたその音に肩を竦ませると、ノアが大丈夫だとばかりに肩を引き寄せてくれた。

　バラバラに壊れてしまった扇の欠片が、夕焼けに照らされる石畳に散らばっている。飾られていた宝石が光を反射してぎらりと光った。

「お前は離宮に幽閉される事が決まった。今後、国外どころか王宮の外に出る事も叶わない。侍女も兵士も全て入れ替えるから、お前の我儘が今後叶えられる事は一切ないと思え」

「そんな……」

「お前の我儘が人にどれだけの迷惑を掛けているのか、少しは考える事だな」

「……お父様が許しませんわ、そんな横暴」

　カミラ王女と第二王子のやり取りに、誰も口を挟めない。

　幽閉、と聞いて少し思う所もあるけれど……アンハイムが決めた事に、わたしが何かを思う事は烏滸《おこ》がましいのかもしれない。

「これは父上の承認を得ている事だ。お前がこの国でやっていた事は全て報告されている。お前を甘やかしていた者達を納得させるのに時間が掛かって、更にこの国に迷惑を掛ける事になったがな。これからは我儘も贅沢も許されない」

「……嘘よ……そんなの」

　カミラ王女の視線が第二王子からジーク殿下、それからノアに向かう。

　蒼褪《あおざ》めて、ふらりとよろけるカミラ王女を侍女が支えた。震える呼吸がわたしの元まで聞こえてくる。

「わたくしは、ただ……欲しいものを欲しいと言っただけではないですか」

「兵を私情で使っておいて、よくそんな事を言えたものだな。使節団として入国した兵が、王宮で武力を行使するなど挑発行為とみなされてもおかしくないぞ」

「そんなつもりは……！　わたくしはアインハルトを説得する場を設けたかっただけですわ」

「もういい、黙れ。バカと話すのはこちらが疲れる」

その声を合図としたようにカミラ王女と侍女を兵が引き離す。そのまま大人しく連れていかれる侍女とは反対に、カミラ王女は動かなかった。

「ジークお兄様！　わたくしがした事はそんなに悪い事ですの？　幽閉される程の罪ではないですわよね？」

「アンハイムが決めた事に私が口を出す事もない。だが……アンハイムには何度も抗議文を送っている。お前がもう国外に出る事はないだろうが、万が一出られたとしてもお前はこの国に立ち入る事は許されない」

疲れが滲んでいながらも、きっぱりと紡がれるのは拒絶の言葉。

カミラ王女は幼子のように首を横に振るのを繰り返している。そしてその視線がノアへと向かった。溢れる涙が頬を濡《ぬ》らしている。

「あなたが……素直にわたくしと来ていてくれたら、こんな事にはならなかったのに」

その言葉にこの場の空気が凍った。

第二王子もジーク殿下も、信じられないものを見るように目を見開いている。きっとそれはわたしも同じだったけれど、舌打ちをするノアは無表情だ。すぐに悪態をつかないだけ、まだ耐えているのかもしれない。

「あなたが何度もそんな戯言《たわごと》を口にしなければ、こんな事にはならなかったのでしょうね」

低い声で紡がれるノアの言葉に、王女様の顔が歪む。

青い瞳が仄暗《ほのぐら》く濁り、その視線が次に向けられたのは――わたしだった。

わたしに向けられる視線は絡みつくように重い。

ぞくりと背中が冷たく冷えていくような感覚に息を呑《の》んでしまうけれど、カミラ王女から目を逸《そ》らすわけにはいかなかった。

「……アリシア・ブルーム。わたくしとあなたは何が違うのかしら。あなたは欲しいものを手に入れられるのに、どうしてわたくしは叱られるの？　あなたの方がアインハルトと先に出会ったから？　そんな早い者勝ちのようなものは、狡《ずる》いんじゃないかしら」

淡々と紡がれる言葉に潜む、嫉妬の色に気付かない振りは出来なかった。

これがカミラ王女の本心なのだろう。欲しいものに手を伸ばして、それが否定される事は許さないのだ。今までの王女様の世界では、全てが手に入ったから。

わたしの隣で、ノアの纏《まと》う怒りが深くなっていくのが分かった。

腰に回る彼の腕に手を添えて、ぎゅっと握り締める。わたしは大丈夫だと、そう伝えるように。

「わたしは彼が好きで、彼と一緒に居たいから傍にいるのです。カミラ王女殿下のように、側に置きたいという気持ちではありません」

この言い方ではカミラ王女には伝わらないのだろう。眉を寄せたままで、彼女は不思議そうに首を傾げているもの。

どこまで響くかも分からないけれど、それでも口にしなければならない事があると思った。

「早い者勝ちだと、狡いと仰《おっしゃ》いますが……もし彼と出会ったとき、既に彼が別の人と婚約をしていたとして。どれだけわたしが彼の事を想ったとしても、それを伝える事も、引き裂く事もわたしはしないでしょう」

「……アインハルトが欲しくても？」

「ええ、どれだけ欲しくて想い焦がれても。彼が想い人と気持ちを重ねて、幸せに過ごしている時間を壊す事など出来るはずがありません。彼の事が好きだからこそ、幸せになって欲しいと思うのです」

わたしの腰を抱くノアの腕に力が籠もる。

顔を上げるとわたしを見つめる夕星と目が合った。優しい笑みにつられるように、わたしも笑いかけた。強張っていた体が解れていく。

「彼は飾り物ではありません。気に入ったから側に置くなど、そこに彼の意思はあるのでしょう

か」

「だって……わたくしの側に居たら、贅沢も好きな事も自由に出来て幸せでしょう?」

「彼はそれを望みましたか?」

わたしの問いに、王女は押し黙った。

「お気に入りのものを集めて、それで本当に心は満たされているのでしょうか。王女殿下が求めているものは、本当は……違うのではないでしょうか」

王女はノアとわたし、それから兄である第二王子へゆっくりと視線を滑らせていく。その様は先程よりも不安げで、戸惑いを孕《はら》んでいるようにも見えた。

お気に入りのもので自分の周りを満たそうとする王女様は、もしかしたら……満たされていなかったのではないだろうか。甘やかされて、何不自由なく育てられて、でも……心の奥底で王女様が望んでいたものは手に入っていないのかもしれない。

「反省は離宮でするんだな。お前に許されているのは、もうそれだけだ」

その場を支配する沈黙を切り裂いたのは、第二王子の声だった。冷たい声は薄明近い空に吸い込まれていく。

その言葉に応えたのは兵士達で、王女様を取り囲むようにして連れて行ってしまった。

カミラ王女は抵抗もせず、ただわたしとノアに一度だけ視線を向けて去っていった。その瞳は今までと違って、迷ってしまった幼子のように揺れていた。

その姿が見えなくなって、誰からともなく小さな息が漏れた。

わたしも気付けば深い息を吐いていてしまっていて、腰から肩に回ったノアの手が慰めるように優しく肩を叩いてくれる。

「アインハルト殿、それから婚約者殿。私はジェイド・トリン・アンハイムだ。まずは国を代表して謝罪を——愚妹が迷惑を掛けて申し訳ない。それからジーク、すまなかった」

ジェイド王子殿下がわたし達に頭を下げて、それからジーク殿下に向き直る。

何を口にしていいか分からずに、わたしは黙っている以外に出来なかったのだけど。だって平民が王族に頭を下げられた時の対応の仕方なんて、聞いた事が無かったもの。

「カミラは幽閉か」

「それ以外にないだろう。国外には出せず、国内で娶《めと》ってくれる家もない。災いを為す者へと育ててしまったのは私達だからな、その責任は取り続けていくさ。両親が甘やかして育てていた事を見て見ぬふりをしてきた私と兄も同罪だ。まぁ離宮は狭いし生活の質は落とさざるを得ない。我儘を叶えてきた側近達は全員解雇して総入れ替えともなれば、カミラにとって罰にはなるだろう」

「幽閉はいつまでだ？」

「あいつが今までサボってきた勉強を全て終わらせて、あの考えを改められた時と考えているが——いつになる事やら」

聞こえてくるカミラ王女の処遇。今まで好きなものだけに囲まれて、好きな事だけをして過ごしてきたカミラ王女には辛い生活になるのだろう。

そんな事を考えていたら、ふらりとこちらに近付いてきたのはヨハンさんだった。

「先程はありがとうございました。いやぁ、お陰で殿下が到着する前に正門に辿《たど》り着《つ》く事が出来まして、怒られないで済みました」

にこにこと笑うヨハンさんは、いつも図書館で会う時の様子そのままで、何だかこちらも力が抜けてしまった。

「君はジェイド殿下の部下だったたんだな」

「そうです。カミラ様が何かしでかさないか見張ってろって言われてたんですけど、しでかさない方が無理な話でしたよね。国にありのままを報告したら、ジェイド殿下とうちの王太子殿下も忙しくなったみたいです。モンブロワとの婚姻を取り消す代わりの支援の手配だとか、両陛下に言い聞かせるとか諸々《もろもろ》やってからやっとこちらに来られたので、それだけお二人にはご迷惑をお掛けしてしまったんですが」

「本当にな。先に連れ帰ってくれたらよかったものを」

「それについてはもう謝る以外に出来ませんねぇ」

辛辣なノアの言葉にヨハンさんは何度も頭を下げるばかりだ。その様子に苦笑いが漏れてしまって、何だか一気に疲れが押し寄せてきた気もする。

でもこれで、漸《ようや》くすべてが終わったのだろう。

もう周囲を警戒しなくてもいいし、ノアが嫌な目に遭う事もない。わたしもお仕事に復帰できるし、いつもと同じ生活を送る事が出来る。

ふと顔を上げると、わたしの視線に気づいたノアが目を細める。

いつだってノアはこうやって、わたしを見てくれていた。わたしが不安になった時も心細くなった夜も、その不安を取り除こうとしてくれていた。

愛しさで胸が苦しい。

「疲れただろう。アリシアは帰宅した方がいい」

「でも……」

「おーいアリシアちゃん！　馬車が来てるよー！」

言いかけた言葉はラルスさんの元気な声に遮られる。

そうだ、マルクに迎えを頼んでいたんだ。裏門に……とお願いしていたけれど、この騒ぎで近づけなかったはず。きっと心配させているだろう。

「馬車まで送ろう。マルクさんにも説明をしなければ」

「あ、ありがとう」

「アリシアさん、お世話になりました。また僕だけでも本を読みに遊びに来るかもしれないので、その時はどうぞ宜しくです」

にこにこしたヨハンさんが見送ってくれる。

そうか、ヨハンさんももう帰国するんだ。でもヨハンさんなら本当に図書館に遊びに来そうだと思って、笑ってしまった。

「ええ、いつでもいらして下さいね。では失礼します。ヨハンさんもお元気で」

ラルスさんの開けてくれた裏門から出ると、離れたところに馬車が停められている。駁者席《ぎょしゃ》に座るマルクがほっとしたように表情を和らげたのが遠目でも分かった。

「……あー、長かった。でもやっと終わったな」

「そうね。ノアも本当にお疲れ様」

「おう、お前もな。……アリシア、ありがとう」

「何が？」

柔らかな声が薄暮に溶ける。

ノアを見上げると、優しい笑みを浮かべながらわたしの事を見つめている。その眼差しに捕らえられると、胸が切なくなってぎゅっと締め付けられてしまう。

わたしの問いに答えてくれる気はないようだ。

機嫌よさげに笑う彼の様子が嬉しかったから、わたしもそれ以上は問いを重ねる事は出来なかった。それでいいと思えたから。

第四章　恋に落ちる

「乾杯」

わたしとノアの声が揃《そろ》う。

掲げていたグラス越しにノアの笑みが見えて、それだけでドキドキしてしまうけど、きっとこの気持ちが落ち着く事はないんだろうな。

グラスを口元に寄せて飲むのは白ワイン。前にエマさんが言っていた、『美味しい白ワイン』だ。

華やかな酸味が口いっぱいに広がって、まろやかで飲みやすいワインだった。少し甘口で、とても美味しい。

ついた息から香る酒精は華やかで、それに誘われるようにもう一口飲んだ。

「二人とも全然来てくれないから寂しかったのよ～」

「災難だったな」

料理を持ったエマさんとマスターがカウンター越しに言葉を掛けてくれる。

あまりりす亭に来るのも久しぶりだ。柔らかな雰囲気は何も変わっていないし、ここに来るとやっぱり楽しい気持ちが胸を満たしていく。

わたし達と入れ替わりにお客さんが帰っていったから、お店にはわたしとノアがカウンター席に座っているだけだった。

「でも終わってほっとしたわ。ね？」

「ああ。すっげぇ長かったけどな」

料理の皿を受け取りながらそんな事を口にすると、ノアがわざとらしく深い溜息《ためいき》をつくものだからおかしくなって笑ってしまった。

今日の料理はラザニアと、トマトの肉詰め。

ラザニアは焼きたてなのか湯気が立っている。ぐつぐつと躍るチーズも美味しそうで、手を組んで捧《ささ》げる祈りが早口になったのもいつもの事。

「今日はゆっくりしていってね」

そう言って厨房《ちゅうぼう》へと戻っていくエマさん達は笑みを浮かべている。

腕まくりをしたエマさんの袖をマスターがそっと直していて、ふとあの二人は喧嘩《けんか》をしたりするのだろうかと思った。

「やっとここの飯が食える」

「ふふ、楽しみにしていたものね」

カミラ王女が帰国されたのは昨日の事。

戻ってきた日常で、まずわたし達がしたかったのはあまりりす亭でお酒を飲む事だった。

今日はお休みを取っていたノアは、わたしの仕事が終わるのを待っていてくれて。

二人で並んで歩いていても、ノアが周囲に過剰な警戒をする必要はない。それに何だかほっとしてしまった。

「どうぞ」

「ありがとう。美味しそう……熱いのは分かっているんだけど」

取り分けてくれたラザニアは、見るからにまだ熱そうだ。チーズはさっきより落ち着いているように見えるけれど、断面からも立ち上る湯気が多い。

ナイフとフォークで一口大に切り分けて、吹き冷ます……まだ冷まし足りないのは分かっているのに、食べたい誘惑には勝てずに口に運んだ。

「んんっ！」

熱い。

チーズが全然冷めていないし、ミートソースもベシャメルソースも熱い。

はふはふと空気を取り込んで、時間をかけて何とか飲み込む頃には涙目になってしまっていた。

でも美味しい。やっぱり熱々を食べて良かった。

焼けるような口をワインで冷やして、やっと一息。

「美味しい。入ってるお野菜が柔らかくて、もっちりしたパスタによく絡んでる」

「それでももう少し冷ました方が良かったんじゃねぇか」

笑いながらノアもラザニアを口にする。わたしよりは冷ましたようだけど、口に入れた瞬間に肩が跳ねたからきっと熱かったんだと思う。その様子に笑みが漏れてしまった。

「あっつ……うん、でも美味い」

「熱いものは熱いうちに食べないと」

「それも分かる。でもそれで口の中を火傷《やけど》した事もあるだろ」

「口の中ってすぐに治るじゃない？　だから火傷したっていいのよ」

「キスしたら痛むぞ」

「……っ、なっ」

いきなりそんな事を口にするから、飲んでいたワインが変なところに入ってしまった。

口に手を当ててごほごほと咳《せ》き込《こ》んでいると、咳《せき》を聞きつけたのかエマさんがお水を持ってやってきてくれた。

ゴブレットを受け取っても、まだ咳き込みながら水を飲むわたしを見たノアは笑いを堪《こら》えるように口元を手で隠している。

「アリシアちゃん、大丈夫？」

「だい、じょうぶ……ありがとう」

「ノアくん、また揶揄《からか》ったんでしょ。可愛くて仕方ないのも分かるけど、ほどほどにしなさいよ」

「はぁい」

エマさんの言葉にノアは頷《うなず》くけれど、まだ肩が震えている。そんなに可笑《おか》しかっただろうか。

きっと厚い前髪の向こうでは、夕星《ゆうつづ》が細められているんだろうな。

エマさんがわたし達の前に、白ワインで満たされた次のグラスを出してくれる。明かりを受けてきらきらと煌《きら》めく琥珀《こはく》色がとっても綺麗《きれい》。

飲みかけだったワインを一気に飲んで、空いたグラスをカウンターに返した。

「でも二人がそうやって仲良く過ごしているのが見られて、あたしも嬉《うれ》しいわ」

優しい声に頷く以外に出来なくて。

エマさんはわたしに見えるように片目を閉じてから、また厨房へ戻っていった。

ランチを一緒にした時に、わたしが不安を零《こぼ》した事を気にしていたのかもしれない。

あの時にエマさんとお話が出来たから気持ちが落ち着いた。いまのわたしはきっと、あの時よりも笑えているだろうと思う。

「……可愛くて仕方ない？」

ワイングラスを口に寄せながら、エマさんの言葉を繰り返す。

一口大に切ったトマトの肉詰めを口に運ぼうとしていたノアの手が止まった。

フォークを置いたその手で、眼鏡のつるをそっと持ち上げると紫の瞳がちらりと覗《のぞ》いた。

「本音を言えばずっと腕の中に閉じ込めておきたいと思うくらいに、可愛い」

囁《ささや》くような声も、露《あら》わになる瞳も、熱を帯びている。

揶揄うつもりが反撃されて、わたしはテーブルに突っ伏す事しか出来なくなってしまった。

そんなわたしを見ておかしそうに笑ったノアは、眼鏡を元の位置に戻してからまたフォークを手に取った。

切り分けたトマトをわたしの口元に運んでくれるのを視界の端に見てしまっては、顔を上げる以外に出来るわけもなくて。

まだ頬が熱いし、その顔がどんな色をしているか自覚もしているけれど、近付けられたフォークに顔を寄せてトマトを食べた。

「美味しい」

「これは火傷する心配もねぇしな」

肉汁を吸ったトマトは焼かれているからか、とても甘い。

ノアもまた切り分けたトマトを口にして、美味いと頷いている。

同じものを食べて美味しいと言い合える。

それだけなのに息が詰まるように胸が苦しくなって、好きっていう気持ちが溢《あふ》れ出てくるみたいだった。

ノアが隣に居てくれて、笑ってくれる。

それが幸せで、ずっとこうしていられたらいいのにって思ってしまう。

「どうした？」

ぼんやりとそんな事を思っていたら、またノアがフォークを口元に寄せてくる。

今度はラザニア。とろけたナスがチーズを纏《まと》っている。

「幸せだなって思って」

そう言ってノアのフォークでラザニアを食べる。やっぱり美味しい。

「そうだな」

ノアの声も柔らかくて、わたしと同じ気持ちなのが伝わってくる。

それが嬉しくて、笑みが零れた。

厨房からは水が流れる音と、楽しそうなエマさんの笑い声が聞こえてくる。朗らかな雰囲気に、わたし達の日常が戻ってきたのだと嬉しくなった。

手にしているグラスからは葡萄《ぶどう》が華やかに香っている。少し温くなってしまったそれを一口飲んで息をついた。エマさんが美味しいというだけあって、本当にこの白ワインは美味しい。

「……何だか、本当に色々あったからノアも疲れたでしょ」

「お前もな。でも……もっと上手く立ち回れたんじゃねぇかって、そう思うよ」

静かにグラスを置いたノアが、溜息混じりにそんな言葉を口にするものだから、グラスを口元に持っていこうとしていたわたしの手が止まった。

分厚い前髪と黒縁眼鏡でノアの瞳は見えない。口はいつものように弧を描いているけれど、彼がどんな表情をしているのか見たいと思った。

「カミラ王女が俺に意識を向け始めた時に、すぐにお前を攫《さら》って逃げれば良かった」

その声に潜む後悔に、胸の奥が苦しくなる。

きっとノアは……ずっと悔やんでいたんだ。わたしが不安に思った事、わたしが……巻き込まれた事。そんなの、ノアが一人で抱える事ではないのに。

グラスを置いて、ノアに手を伸ばす。

前髪をそっと横に流しても、ノアはわたしの手を厭《いと》ったりはしなかった。眼鏡の奥の紫が不安に揺らいでいるように見える。それでもその視線は真っ直ぐにわたしに注がれていた。

「……バカね。攫ってじゃなくて、手を取り合ってでしょ」

「はは、そうだったな。それを選んでいたら、お前を辛い目に遭わせる事もなかったのに」

前髪から手を離して、そのまま彼の手に自分の手を重ねた。わたしよりも大きくて、骨張った手。この手にいつも守られている。

「それは結果論でしょ。わたしが不安になってしまったのはどうしようもない事だし、それを解消するのにノアはいつだってわたしに寄り添ってくれていたわ。辛くなかったと言えば嘘《うそ》になるけど、それはノアのせいじゃない」

ノアがそこまで抱え込む必要なんてないのだ。

伝わるようにと願いながら彼の手をぎゅっと握る。手を返したノアが、指を絡めて握り直してくれた。その温もりに、力強さに、胸が切なくなる。

「むしろノアの方が大変だったのに、わたしはいつも受け取るばかりで何もしてこなかったんじゃないかって、そう思って──」

「それは違う。お前が居てくれたから俺は耐えられた」

言葉を遮るノアの声は、いつもよりも余裕がない気がして。

目を瞬《しばたた》かせていると、繋《つな》ぐ手に力が籠められた。前髪の隙間から覗く夕星がわたしを見つめている。

「じゃあきっと、あの時のわたし達は間違っていなかったんだわ」

想いが胸の奥で切なく疼《うず》く。何だか泣きたくなってしまって、それを誤魔化すように笑ってみせても、きっとノアにはばれてしまっているのだろう。

「お前の不安を除きたいって言いながら、不安だったのは俺の方だ。……俺の問題にアリシアを巻き込んじまって、嫌気がさしていないかって」

「いくらでも巻き込めばいいじゃない。二人の問題にしてしまえば、一緒に解決できるもの」

「お前は……」

ノアの表情が和らいで、つられるようにわたしも笑った。

繋いでいる手は、もうお互いの熱が混ざり合って同じ温度だ。

「大変な事も多かったけど、ノアがわたしに寄り添ってくれた。わたしの事を好きだとちゃんと伝えてくれたから、大丈夫だって思えたの。ありがとう、わたしの事を守ってくれて」

「……おう」

ノアの浮かべる笑みが深くなる。

ゆっくりと解かれた彼の手はわたしの頭に移動して、ぽんぽんと軽く撫《な》でてくれた。

「アリシア」

「ん？」

「……ありがとな」

「どういたしまして」

またワイングラスを手に取って掲げてみせる。

わたしの頭に触れていた手が滑り落ちて、彼も同じようにグラスを掲げてくれた。

何度目かになる乾杯をして、グラスを口に寄せる。飲み干したワインは温くなって、甘みが強くなっていた。

「まだ飲むか？」

「そうね、もう少しだけ飲もうかしら。ノアは？」

「俺も。エマさん、ワインのお代わり頂戴」

厨房からは「はーい」と朗らかな声が返ってくる。

その声を聞くだけで、わたしも元気になるような気がするのだから、エマさんは不思議な力を持っているのかもしれない。

「デザートも食べる？」

「食べる！　今日のデザートはなぁに？」

思わず前のめりで返事をしてしまうと、隣でノアが笑っているのが分かる。

ノアだって食べたいくせに、と思いながら差し出されたワイングラスを受け取った。

ワインを注ぐエマさんの後ろからやってきたマスターの手には、お皿がふたつ。

青紫色が美しい、ブルーベリーのタルトのようだ。

マスターはそれをわたし達の前に置いてくれたけど、そういえば気になっていた事があったんだった。

「マスター。前に貰《もら》ったクッキーもとても美味しかったんだけど、型まで自分で作ったの？」

「型？」

ノアが驚いたように声をあげる。それも分かる。わたしもエマさんに聞いた時にはびっくりしてしまったもの。

マスターは頷いた後に、少し困ったように笑った。

「作ってみると面白くてな」

「今は型押し用の複雑なものを彫っているのよ」

呆《あき》れたようにエマさんが笑うけれど、その眼差しは優しいもので。

「出来上がったら渡すから食べてみてくれ」

「楽しみにしてるわ」

エマさんとマスターは「ごゆっくり」と言葉を残してまた厨房へ戻っていく。

その背を見送ってから、タルトの載ったお皿へと目を向けた。

小さなタルトにはたっぷりのブルーベリーが載せられている。明かりを映して艶々に煌めくその様は、まるで宝石のように綺麗だった。

「あの人、本当に何者なんだ」

「型を作ったり彫り物をしたり……出来ない事ってあるのかしら」

「料理だって何でも作るしな」

「そういえばマスターの名前を知らないわ」

お喋《しゃべ》りをしながらタルトにフォークを沈めていく。

思ったよりも柔らかなタルト生地で、簡単にフォークで切り分ける事が出来た。ブルーベリーの下には、紫色のクリームが敷き詰められている。これもきっとブルーベリー味なのだろう。

一口大に切り分けたそれをフォークに乗せて食べてみる。

爽やかな酸味と、クリームの甘み。口の中でほろほろと崩れるタルト生地もほんのり甘い。ブルーベリーだけを摘《つま》んで食べてみると、少し酸味が強かった。

「んん、美味しい」

「美味いな。マスターの名前、俺は前に聞いてみた事があるんだ。上手く流されて教えて貰えなかったんだよな」

「そうだったの。エマさんも『うちの人』としか言わないのよね」

「確かに。でも前にワインを融通してくれた事からも、ただの料理人って感じはしねぇんだよな」

そうだ。以前に希少なワインをご馳走《ちそう》してくれた事があった。

不思議な人だと思うけれど、でも——

「まぁ気にしても仕方ないわね」

「そうだな」

ここの料理が美味しくて、マスターとエマさんが仲良しで、雰囲気がとっても素敵。それだけでいいんじゃないかと思う。

またブルーベリーを口に運ぶ。これは酸っぱくなかった。

美味しくて、幸せな時間。

日常が戻ってきたのだと改めて実感して、ほっと息が漏れてしまった。


あまりりす亭を出た時には、もうすっかり夜が深くなっていた。

久し振りだから少し長居し過ぎてしまった。足元がふわふわと楽しいのもお酒を飲み過ぎたのかもしれない。

「大丈夫か？」

「ええ、楽しいだけ」

「それならいいんだが。具合が悪くなったらすぐに言えよ」

「運んでくれるの？」

「もちろん」

その言葉に嘘が無いのは分かっている。

昨日、実際にわたしを抱き上げた時のノアは、何の躊躇《ちゅうちょ》も無かったもの。そんな場合じゃなかったから、あの時は気にしていなかったけれど……今思うと少し恥ずかしい。

何だか胸の奥がそわそわして、ノアの腕に両腕で抱き着いた。

結構な勢いで抱き着いたのに、ノアはびくともしない。余裕そうに笑っているだけで、それが少し悔しくて。

「お前、さては酔ってるな？」

「お酒を飲んだんだもの、そりゃあ酔うでしょ」

「いつも以上にって事」

「どうかしら」

曖昧に笑いながらも、酔っている自覚はある。

だって美味しいご飯があって、お酒があって、それを好きな人と楽しめるんだもの。幸せでつい飲み過ぎてしまうのも仕方がない事だろう。

わたしはずっと、こういう日々を待ち望んでいたのだから。

「公園でも寄ってくか。少しは酔いも醒めるだろ」

「別に平気なのに」

「まぁ付き合えよ。酔い醒ましってのもただの建て前みてぇなもんだし」

「わたしとまだ一緒に居たいのね」

「おう」

揶揄うように言葉を紡いでも、そんな真っ直ぐに返されたら赤くなるのはわたしの方だ。

それが悔しくてぎゅうぎゅうに抱き着くと、おかしそうに低い声で笑われてしまった。

「あ、でも……ラルスさんにそれを届けなくていいの？」

「朝飯でもいいだろ」

ノアはわたしが抱き着いたのとは逆の手に、紙包みを持っている。

マスターにお願いして作って貰った夜食なのだけど、ラルスさんに差し入れするらしい。今日、ラルスさんもあまりりす亭に来たがったそうなのだけど、ノアが絶対に嫌だと拒んだんだとか。

それでもお土産を用意していくあたり、二人の仲の良さが窺《うかが》えるようだった。

きっとノアは否定するだろうけれど、ラルスさんの事を信頼しているのは分かっているのだ。あの日、裏門でラルスさんが叫んだ「逃げろ」という言葉に、ノアは疑問も抱かずに従おうとしたもの。

それって、ラルスさんの事を信頼しているからだって……わたしはそう思っている。ノアに言っても嫌な顔をされそうだから、口にはしないけれど。


帰り道にある公園。

日中は賑《にぎ》やかな憩いの場だけど、いまはわたし達の足音しか響かない。

近くのベンチに腰を下ろして、わたしは両腕を天に向けて大きく伸びをした。

「んー、お腹いっぱい」

「タルトを二つ食った後に、ポトフを食べたらそうなるだろ」

「でも美味しかったわ」

低く笑ったノアがわたしの肩を抱き寄せる。

されるままに体を預けると、触れる場所から伝わる温もりが気持ち良かった。

見上げた空には星が瞬いている。

雲もなく、風もない。静かな夜だった。

「結婚式だが……早めるって事でいいよな？」

「ええ。でもお屋敷の改装は間に合うかしら」

「もう手配してある。夏中には終わるから大丈夫だ」

「それなら良かった。ふふ、楽しみ」

「それは図書室が？　それとも俺と暮らすのが？」

挪揄うような声に目線を上げると、前髪の隙間から紫色が覗いている。悪戯《いたずら》っぽく笑うその様子に、鼓動が跳ねた。

そんなの決まってる。

ノアと結婚する時をわたしがどれだけ心待ちにしているか。一緒に暮らすのはもちろんだけど、繋がっている心を──見える形にしたいって思ってる。

「……アリシア」

「ん？」

「……口に出てるぞ」

はっとして、自分の口を両手で押さえた。

なんて気持ちを伝えようか考えていただけなのに。恥ずかしさで心臓はばくばくとおかしく騒ぎ出すし、顔が赤くなっていくのが自分でも分かる。

でも──

「……ノア、照れてる？」

下から覗くノアの頰に、薄く朱がさしているような気がして。

ふい、と顔を背けたけれど、覗く耳も熱を持った色をしていた。

恥ずかしいのはわたしだけじゃないようで、ほっとしたらくすくすと笑い声が零れてしまった。

「笑いすぎ」

「だって……珍しくて」

いつも翻弄されているのはわたしだから、ノアのそんな姿にも嬉しくなる。

酔っているのもあって、笑いが収まってくれない。堪えようとしても肩が震えてしまうのだから、ノアにはバレバレだろう。

ふぅ、と息を吐いたノアが前髪をかき上げる。上げた前髪を眼鏡で留めると、わたしの手を口元から下ろしてしまった。

間近に見る夕星に、わたしだけが映っている。

「早く一緒になりてぇな」

「そうね」

結婚しようと思えば、今すぐにだって出来るのだ。

でも結婚式とか新居とか、そういう準備が出来てからというのは……彼の優しさと誠実さなのかもしれない。

ノアの指がわたしの唇に触れる。形を確かめるようになぞられて、擽《くすぐ》ったさと恥ずかしさで吐息が漏れてしまう。

その指がわたしの顎にかかり、上を向かされて。その先に何があるのか分かっているから、ゆっくりと目を閉じた。

吐息が触れて唇が重なる。

彼の手が顎から頬、それから後頭部へと移っていく。下ろしたままの髪をくしゃりと乱されて、それだけで何だかドキドキしてしまう。

触れ合う唇が熱い。

少しの間だったのに、炎のような熱が灯されるには充分過ぎた。ゆっくりと唇が離れるけれど、夜気でもその熱を引かせる事は出来ないみたいだ。

「顔が赤いぞ」

「……誰のせいだと思っているの」

「俺の」

目を開けた先では嬉しそうにノアが笑っている。

そんな顔をされたら文句なんて言えるわけもなくて。だから彼の胸に顔を埋めて、ぎゅっと抱き着いた。両腕を背中に回して、これ以上はもう無理だというくらいに強く。

くく、と喉奥で低く笑ったノアは、わたしを両腕で包み込んでくれる。

この温もりが愛しいって、どうしたら伝わってくれるのだろう。

「愛してる」

耳元で囁かれる低音に、くらりと眩暈《めまい》がしてしまいそう。

わたしも愛してる。そう紡いだ言葉は、わたしの鼓動に掻《か》き消《け》されているんじゃないだろうか。

でも彼がわたしを抱く腕に力が籠もったから、きっと伝わったんだと思う。

好きだという気持ちは溢れるばかりで、底が見えない。

胸元から目線を上げると、彼が微笑んでいるのが見える。わたしを愛おしむような夕星の輝きに、また——恋に落ちた。

＊＊＊

夏色薫《かお》る昼下がり。

お気に入りのカフェで奥の席に腰を落ち着けたわたしは、店員さんに紅茶とチョコレートケーキを注文をした。この時期限定のケーキもあるけれど、それは後のお楽しみにしよう。

今日はノアとカフェデートの日だ。約束の時間まではまだしばらくある。早めに家を出たから、わたしが先に着いてしまうのは当然だった。

窓から見える空は深い青。大きな白い雲がぷかぷかと流れていくのが綺麗だと思った。

「お待たせしました」

店員さんが紅茶と共に運んできた、チョコレートケーキには、薔薇《ばら》の飴細工《あめざいく》が載っている。

早速、とフォークを取って飴を崩した。独特の感触がフォークに伝わってきて、艶めくチョコレートに散らされた飴が星のようで美しい。

一口食べて、息をつく。うん、やっぱり美味しい。苦味の強いチョコレートに甘い飴がよく合っていて、何度食べても飽きない味だった。

フォークを置いてカップを手にした。湯気と一緒に立ち上る花のような香りを胸に満たしてからカップに口を付ける。

ノアを待つこの時間が好きだ。待っていたいから、早くに家を出たのだ。

そわそわするし、髪型やお化粧がおかしくないかも気になるし、何となく落ち着かない気持ちになってしまうのだけど。それでも……胸の奥がぽかぽかと温かくなる。

彼が到着するまで、まだ時間がある。それまで少し、本を読もう——と思っていたら、ドアに付けられたベルが軽やかな音を鳴らした。つられてカフェの入口に目を向けると、そこにはノアが居た。

いつもと同じ前髪を下ろした姿で、眼鏡をかけて。でも……彼の視線が真っ直ぐにわたしへ向けられたのが分かった。口元を綻ばせながら、ノアがわたしのテーブルまで向かってくる。

「随分早いな」

「ノアも早いわ」

「お前が来るのを待ってようかと思ったんだが、先を越されたみたいだな」

ノアもこの時間を楽しみにしてくれていたんだ。それが伝わって、嬉しさに笑みが浮かぶ。

「わたしもノアが来るのを待っていたかったの。あ、だからって、次の待ち合わせにもっと早く来たりしないでよ？」

「お前もな。待ち合わせ時間を早めるか、お前の家に迎えに行った方がよさそうだ」

「わたしが宿舎に迎えに行ってもいいんだけど……」

「だめ」

きっぱりとした否定の言葉が珍しく思えて、目を瞬いた。ノアは店員さんに注文をしてから、改めてわたしに向き直る。テーブルに身を乗り出すようにして、置かれていたわたしの手をそっと握った。

「こんな可愛いお前を、他の奴らに見せたくない」

いつもより少し低い声で囁かれて、わたしの顔が一気に熱を持つ。

「……バカね」

「今日も可愛いな」

微笑《ほほえ》みながらそんな事を言うものだから、わたしはもう何も言い返せなくなってしまって。握られるのとは逆の手で紅茶のカップを持つと、おかしそうにノアが笑った。

そっと親指の腹で手の甲を撫でてから、ノアの手が静かに離れていく。

「今日は期間限定のケーキじゃなくていいのか？」

甘い雰囲気を変えるような声に、内心でほっと息をついた。あのまま蕩けるような声で囁かれたら心臓がもたないもの。

「ノアが来てからにしようと思っていたの」

「なるほどな」

わたしはカップを置いてから、またフォークを手に取った。触れられていた手に、まだ熱が残っている。

「本当に好きだな、そのケーキ」

「綺麗だし美味しいんだもの。飽きないわ」

「美味いのは認める」

低く笑うノアの元に、コーヒーが運ばれてくる。強いコーヒーの香りがテーブルを支配して、次はわたしもコーヒーにしようと決めた。

「さて、じゃあ限定ケーキの前に決めるものを決めちまうか」

「東屋《あずまや》のデザインね？」

「そう」

わたしはケーキとカップをテーブルの端へと寄せた。二人で座るには大きなテーブルだったから、落としてしまう心配はないだろう。

空いた場所にノアが数枚の紙を並べてくれた。その全てが東屋のデザイン画で、これは新居の庭に設置されるものだ。

木造の屋根と柱だけのシンプルなものから、石造りの装飾が細やかなものまで様々な意匠がある。どのデザインもおしゃれで迷ってしまう。

「うぅん……ノアはどれが好き？」

「お前の好きなものでいいんだぞ」

「迷ってしまって。本を読んだりお酒を飲んだりするなら、ガーデンソファーがあるといいなって、そんな希望はあるんだけど」

「そうだな。じゃあこういった腰高壁があって、そこにベンチがあるものは？」

ノアが指さしたデザインは、腰高壁の内側に添うようにぐるりとベンチが据え付けられているものだった。きっと長居してしまうだろうから、背凭《せもた》れにもなるのは有難い。

「いいわね。背凭れ部分の壁にもクッションを置けるかしら」

「それならこっちのベンチのように作ってもらおう」

違うデザインを組み合わせるのも素敵。あのお屋敷の内装はわたし達の好きなものが集められているけれど、東屋もそうなりそうだ。

わたしはカップに手を伸ばし、少し冷めた紅茶で喉を潤した。苦味が強くなっているけれど、これも美味しい。

「素材は石造りの方がいいと思うんだが……こういう、白い石のやつ」

「素敵ね。これは丸い屋根に、鳥の飾りがついていて可愛いわ」

「じゃあこれにしよう」

もっと迷ってしまうかと思ったけれど、好きなものを選んでいけば案外簡単に決まってしまった。これもノアが上手にまとめてくれたからだと思うけれど。

「楽しみだな」

そう言ってノアが嬉しそうに笑うから、わたしもつられて笑ってしまった。

こうして好きなもので満たしていくのも楽しいけれど、何よりもノアと一緒だというのが楽しくて嬉しいのだ。お互いの好きなものを重ねていって、ノアの好きなものをわたしもきっと好きになる。ノアもそうであってくれたら嬉しい。

そんな事を思いながらケーキを完食すると、ノアがテーブルに広げたデザイン画を片付けてくれた。テーブルを使って紙の端をとんとんと整えている。

「さて、期間限定ケーキでも食うか」

「食べる。ええと……夏苺《なついちご》のロールケーキと、白桃のレアチーズケーキだったわね。それからエッグタルトも限定だったかしら」

「今日は何にする？」

どのケーキもきっと美味しいから悩んでしまう。でも……ノアは『今日は』って言ってくれた。きっと全種類を食べるまで付き合ってくれるのだろう。

「今日は……ロールケーキにするわ」

「じゃあ俺は白桃にしよう。飲み物は？」

「コーヒーにする」

分かった、とノアが店員さんを呼んで注文をしてくれる。わたしは二個目のケーキになるけれど問題ない。ここのケーキは美味しいし、甘すぎないからいくらでも食べられそうだ。

お酒でも、スイーツでも。ノアと一緒に美味しいものを楽しむこの時間が好きだ。そんな事を考えながら彼の顔を見つめていたら微笑まれる。きっと前髪の奥の瞳も優しく細められているんだろうな。

「そういえばうちの母が、遊びにきてと言っていたぞ」

「領地に？」

「そう。秋に祭りがあるから、それに合わせてどうかって」

「お祭り？　ぜひ伺いたいわ」

お喋りをしている間に、店員さんがコーヒーとケーキを運んできてくれた。わたしの前に置かれた夏苺のロールケーキは、ピンクに染められたスポンジ生地が可愛らしいものだった。巻かれているのはたっぷりの生クリームと刻まれた苺。寝かせたロールケーキの隣には大きな苺が三つも添えられていて、全体に蜂蜜が掛けられていた。

「いただきます」

フォークでロールケーキを一口分に切り分ける。柔らかなクリームがとろりと零れてしまうから、少し苦労しながらスポンジの上に載せた。口に運ぶと爽やかな酸味が広がって、とても美味しい。

　スポンジからも苺の風味がする。クリームの甘さが強いのは苺の酸味に負けないようにするためだろうか。香りのよい蜂蜜がよく合っている。

「美味しい。夏の苺って酸味が強いのかしら。凄《すご》く爽やかだわ」

「こっちも美味い」

　ノアが食べているのは白桃のレアチーズケーキだ。パウンド型で作っているのか四角いケーキで、レアチーズの中に角切りになった桃がたっぷり沈んでいる。お皿の上にはベリーソースで蔦《つた》が描かれて、お花も飾られているのがとっても可愛い。

「はい、どうぞ」

　食べたい、というよりも早く、ノアが一口分のケーキを載せたフォークをわたしの口元に運んでくれる。こういった事は何度もしているけれど、いつまで経っても慣れなくて恥ずかしい。

　少しドキドキしてしまいながらも、食べたい気持ちが勝ったのも仕方がない事だろう。

　身を乗り出すようにしてケーキを食べる。酸味が強いと思ったのも一瞬で、口の中に白桃の甘さが広がっていく。ベリーソースがいいアクセントになっているようだ。これも美味しい。

「美味しい。限定なのが勿体《もったい》ないくらいね」

　わたしはそう言いながら、ロールケーキを一口分切り分けた。フォークに載せてノアの口元に寄せると、ノアは恥ずかしい気持ちがないようで躊躇なくぱくりと食べてしまう。

「うん、美味いな」

満足そうに微笑むノアに、何だかわたしも嬉しくなってしまって。緩む頬を誤魔化そうと湯気の立つコーヒーカップを口元に運んだ。ナッツのような香りがする。

「ねぇ、領地のお祭りってどんな感じなの？」

「秋にあるのは収穫祭だ。夏なら海祭りもあるんだが、これはもう終わっちまった」

アインハルト伯爵領は海に面しているから、海祭りがあるのだろう。どんなものなのかそれも気になるけれど……秋に収穫祭なんてとっても素敵。

「領都の広場に沢山の出店が並んで中々の光景だぞ。新しいワインもお披露目されるし、収穫祭の名物は仔牛のローストだ」

「行きたい」

「そう言ってくれると思ってた」

即答してしまうわたしに、くつくつとノアが低く笑う。少し恥ずかしく思いながら、コーヒーをまた一口飲んだ。

「あ、でも……秋だったら難しいかしら。お義母様達もお忙しいんじゃない？」

冬に予定されていた結婚式を秋に早めている。その準備で今も慌だしいし、結婚式前だと更に難しいかもしれない。

「収穫祭は結婚式が終わってからだから問題ない。休みを合わせて行こうぜ」

「ええ、楽しみにしてる」

「海祭りは海産物が振舞われるから、その時期にも連れて行きたいな」

「それも行きたいわ。連れて行ってくれるでしょう？」

「ああ。お前が行きたいところなら、どこへでも」

穏やかな声で紡がれる言葉に、嘘がないって分かってる。

彼はいつだってわたしを甘やかしてくれるから、ついつい我儘《わがまま》になってしまいそう。

「これからずっと一緒なんだ。お前と一緒に色んな所に行くのは、俺の望みでもあるしな」

「……婚約者がいい男すぎて眩暈がしそう」

「自慢だろ？」

「とっても」

顔を見合わせて、二人して可笑しそうに笑う。

香りのよいコーヒー、美味しいケーキをお供にお喋りをする。窓向こうの陽はまだ高く、一緒に過ごせる時間が幸せで、愛しかった。こんな時間がずっと続くようにと、いつだってそう願っている。

＊＊＊

馬車を降りるとまだ熱気を孕《はら》む夕風に、一つに束ねた髪が揺れた。

陽は沈んでも遠くの山は赤を残している。空に浮かぶ雲も金色を映しているけれど、次第に夜色を濃くしていって、一際明るい星がその姿を主張し始めていた。

「ありがとう、マルク」

「いえいえ。どうぞ楽しい夜を」

馬車で送ってくれたマルクは、頭に載せた帽子を取ってにこやかに笑う。またその帽子をひょいと頭に載せてから、手綱をしっかり握り直す。石畳に蹄《ひづめ》の音を響かせて、馬車は来た道を戻っていった。

馬車が角を曲がるまでを見送ってから、背後のお店に振り返る。今日も温かな色で照らされた看板に何だかほっとしてしまった。

あまりりす亭の扉を開けると、いい匂いが広がっている。

顔が綻ぶのを自覚しながら店内に足を踏み入れると、カウンターからエマさんが明るい笑顔を向けてくれた。

「いらっしゃい、アリシアちゃん。今日は一人？」

「ノアは遅くなるから、先に行ってくれって言われたの」

後ろ手に扉を閉めてからカウンターの席に向かう。

テーブル席は半分ほど埋まっているけれど、カウンターに人はいない。椅子に座りながらエールを一つ注文をする。エマさんはそれに頷きながら表情を少し曇らせた。

「一人で来るのは危なくない？」

「家の馬車で送って貰ったから大丈夫。ありがとう」

「それなら安心ね。今日は何が食べたい？」

「ノアが来てからおすすめを頂こうと思うんだけど、その前に軽く何か出して貰える？」

「はーい」

厨房から顔を覗かせたマスターにもわたしの注文は届いていたようだ。小さく頷いてまた厨房に戻っていく。

入れ替わるように、なみなみとエールの注がれたジョッキがわたしの前に用意された。

「まずはエールね」

「ありがとう」

両手で受け取ったジョッキはずっしりと重い。口をつけるといっぱいに広がる爽やかな酸味と苦味。喉越しが良くて一気に半分ほど飲んでしまったのは、自分でも気付かないうちに喉が渇いていたからかもしれない。

ジョッキから口を離して深い息を吐く。うん、美味しい。

やっぱり夏はエールが一際美味しく感じられる気がする。冷えているお酒なら何でも美味しいのかもしれないけれど。でもやっぱりエールは格別なのだ。

「はい、お待たせ。オレンジとにんじんのサラダなんてどう？」

エマさんがわたしの前に置いてくれたのは美しい橙色のサラダだった。

細く刻まれたにんじんの上には薄皮の剝かれたオレンジがちょこんと載っているのが可愛らしい。

「美味しそう」

「ノアくんが来たらおすすめを出すわね。今日のも美味しいわよ～」

明るい声でエマさんが笑うから、わたしもつられるように笑ってしまった。

ごゆっくり、と言ったエマさんは注文を取る為にテーブル席の方へと向かう。賑やかだけれど騒がしいわけではない、そんな心地の好《よ》い雰囲気が広がっていた。

両手を組んで祈りを捧げたわたしは早速サラダをいただくことにした。一口食べてみると、白ワインの香りが口いっぱいに広がった。しゃきしゃきとした食感もいいし、オレンジの酸味とにんじんの甘さがよく合っている。

刻まれたくるみがいいアクセントになっていて、とても美味しくて食べやすいサラダだった。

「んん、美味しい」

またエールを一口飲む。

賑やかな笑い声を背中で聞きながら、自分の他には誰も座っていないカウンター席へと目を向ける。

待ち合わせをしているから、この後すぐに会えると分かっていても。それでも早く会いたいと思ってしまう。この気持ちが落ち着く時が来るなんて、まだ想像も出来ないけれど。

なんだかそわそわしてしまって、緩む頬を隠すようにジョッキを持ち上げると、思っていた以上に軽くなっていた。これはもう飲んでしまって新しいものを頼もう。

ぐっと一気にジョッキを空けると扉が開く音がした。そちらに目を向けると、中に入ってきたのは黒髪を下ろした猫背の人――ノアだ。

ノアは真っ直ぐカウンター席に進み、わたしの隣に腰を下ろしながら楽しそうに笑った。

「……何かおかしかった？」

「エールを飲み干してるところが流石《さすが》だと思って」

「美味しいものは美味しいうちに、でしょ」

確かに、なんてまたノアが笑うと、気付いたエマさんが厨房から顔を出す。

「いらっしゃい、ノアくん」

「エールを……ふたつ。それから今日のおすすめを頂戴」

「はーい」

にこやかに頷いたエマさんがまた厨房に入ったと思ったら、すぐにジョッキを二つ持って戻ってきた。受け取ったジョッキはエールで満たされていて、わたしとノアはそれを掲げて乾杯をしてから飲み始める。

二杯目もやっぱり美味しい。

「もう少し遅くなるかと思ってたんだけど、大丈夫だった？」

「ああ、書類仕事が残っていただけだから平気。さっさと終わらせてきた」

「それなら良かった。お疲れ様」

「お前もお疲れ様。ちゃんとマルクさんに送って貰ったのか？」

分厚い前髪の向こう、眼鏡の奥の瞳は心配の色に染まっているのだろうと分かる。声にもそれが溢れていた。

心配性だと笑う事が出来ないくらい、今年の夏は色々あったから。その気持ちが嬉しかった。

「ええ、送って貰ったから大丈夫」

「安心した」

ノアがほっとしたように笑う。その口元が笑み綻ぶだけで、わたしの鼓動は早まるのはどうにかならないものだろうか。

「はい、お待たせ～。今日は鯛《たい》と夏野菜のソテーよ」

「ありがとう」

エマさんとマスターが、わたし達の前にそれぞれお皿を置いてくれる。

ふわりとバジルの香りが立ち上って食欲をそそった。

「ごゆっくり」

マスターが軽く会釈をして、エマさんと一緒に厨房へと戻っていく。腕まくりをしたエマさんは笑って何かお喋りしながら、マスターの背中を叩《たた》いていた。

カトラリーを取ったわたしは、改めてお皿へ視線を向けた。

ソテーされた鯛の切り身に添えられているのは、ズッキーニ、なす、トマト。色鮮やかな野菜は見るからに美味しそう。

鯛を食べやすい大きさに切って、口に運ぶ。

焼かれた皮も香ばしくて美味しい。焼き目のついたズッキーニにバジルソースを絡めて食べてみると、溢れる旨みに吐息が漏れてしまった。

「美味いな」

「ええ、とっても。お野菜も美味しい」

美味しいご飯で気持ちが満たされていく。

さっきまでのそわそわが落ち着いたかと思ったら、楽しさとか嬉しさとか、色んな気持ちが溢れてくるようだった。

ノアに会えて、一緒にご飯を食べる。

もう当たり前の、この時間が愛おしい。

そんな事を考えていたら、パチンと独特の音がした。

聞き覚えのあるそれは、懐中時計の蓋を閉める音。どうかしたのかとノアに目を向けると、彼は

時計をポケットにしまってからジョッキを手にしていた。

「まだ時間があるなと思って。見るだろ、流星群」

「ええ。この日を楽しみにしていたんだもの」

そう、今日は星降りの日。

一年に一度、決まった時間。東の空に沢山の星が流れる日。

そんな特別な夜だから、今年はノアと一緒に過ごしたいと思っていた。

「俺も楽しみにしてた。お前と、一緒に星を見られる日を」

想いが乗せられた甘い声。

顔が熱いのはきっとエールのせいだけじゃなくて。

おかしそうにノアが笑うのを横目に、わたしは二杯目のエールを飲み干していた。恥ずかしさを誤魔化す為なのも、きっと彼には伝わっているだろうけれど。


美味しいものを食べて、お腹もほどよく満たされて。

賑わうあまりりす亭のカウンターに座って、わたしとノアはお酒を楽しんでいた。

お店の扉が開く音がして、そちらに目を向ける。顔だけを外に出したエマさんが空の様子を確認しているのだけど……これももう五回目だ。

厨房から出てきたマスターがエマさんの腕を引っ張って戻っていく光景も同じだけ見ているもの

だから、くすくすと笑い声が漏れてしまった。

笑みが口元に残っているのを自覚しながら、デザートに出して貰ったタルトへと目を向ける。桃のタルトにフォークを入れて一口食べてみた。

「んー、このタルト美味しい。桃は甘いのに口当たりはさっぱりしているの。クリームにはオレンジソースが混ざっているのかしら」

薄切りの桃がお花の形に飾られているのも可愛らしい、小さなタルト。水分を含んだタルト生地はフォークだけで切り分けられるくらいしっとりしている。

中を満たしている淡黄色に染まったクリームには仄《ほの》かな酸味があって、桃の甘さを緩和しているようだった。

一口分を切り分けて、タルトを載せたフォークをノアの口元に寄せてみる。

ジョッキをテーブルに置いたノアは、躊躇せずにタルトを食べてくれた。前にもこんな事があったけれど、あの時とわたし達の関係が変わった今もまだ少し恥ずかしく思ってしまう。

「うん、オレンジかな。美味い」

「ね、さっぱりしていて美味しいでしょ。ノアはタルトを頼まなくて良かったの？」

「今日は塩気のあるものが食いたくて」

「飲んでいるのもただのエールじゃないわよね」

「エールをレモネードで割ったやつ。飲んでみるか？」

「いいの？」

もちろん、とノアはジョッキをわたしの方に寄せてくれる。早速ジョッキを両手で持ってエールを口にしてみると、思っていたよりもレモンが強く香っていった。

エール独特の苦みもあるのに、レモネードの甘さなのか飲みやすくなっていると思う。うん、これも美味しい。

「美味しい」

「だろ。ラルスに勧められたんだが、たまにはこういうのも美味いよな」

ジョッキをノアに返して、今度は自分のグラスを取る。満たされている白ワインはお店の明かりを受けてきらきらと輝いていた。

「ラルスさんも飲みに出たりするの？」

「行くみたいだぞ。どこに行ってるかは聞いてないけど」

「一緒に飲みに行ったりはしないのね」

「あいつに付き合うのは宿舎だけで充分だ」

「ふふ、楽しそう」

家以外に住んだ事がないわたしには想像しか出来ないけれど、きっと賑やかで楽しいのだろう。

「結婚して宿舎を離れたら、やっぱりノアも寂しくなっちゃうんじゃない？」

「お前がいる場所に帰るのに、何を寂しく思う事があるんだか」

当然とばかりにそんな言葉を口にされて、グラスを傾ける手が止まってしまった。ノアを見ると口元はいつものように弧を描いていて、分厚い前髪でそれ以上の表情は窺えない。

「きっと早く帰りたくて、日中ずっとそんな事ばかり口にしていると思うぜ」

「それは……わたしも、そうかもしれないけれど」

ぽつりと漏らした本音に、ノアが固まったのが分かった。

何かを言おうと開いたノアの口から言葉が紡がれるより早く、エマさんがカウンターに身を乗り出してきた。

「もう少しで星降りが始まるわよ！　二人とも見るでしょう？」

「ええ、もちろん」

「じゃあ外に行きましょう」

わくわくした気持ちを隠せていないエマさんの様子に、また笑みが漏れた。

エマさんが扉を開けて、お客さん達が外へと出ていく。わたしとノアもそれに続いたら、最後尾にはマスターがいた。

「明かりは落ちるが、俺は入口で店を見ているから安心していいぞ」

「マスターもちゃんと星が見える？」

「ああ、問題ない」

街の明かりが全体的に少し落とされるから、防犯の意味もあるのだろう。マスターに甘えて、わたしとノアもあまりりす亭の外に出た。

　他のお店からも人が出てきていて、広い通りが人で埋まっていく。他の人にぶつかってしまうような程ではないけれど、思っていたよりも多い。あまりりす亭の壁際で空を見上げたら、ノアが肩を抱いてくれた。

「大丈夫か？」

「ええ。人が多いからびっくりしちゃった」

　わたしを守るようにノアが抱き寄せてくれる。その腕に体を預けると、少しずつ街灯が光量を下げていくのが分かった。お店の明かりも落とされて、空に浮かぶ星の瞬《またた》きがはっきりと見える程に夜闇が足元まで広がっていく。

　こんなに暗い街を見るのは初めてで、少しドキドキしてしまう。でも恐ろしいと思わないのは、ノアが傍に居てくれるからだって分かっている。

　見上げる空に、星が一つ流れた。

　誰かが感嘆の声をあげたのが聞こえた。漣《さざなみ》のように声が広がっていく。

　その声に呼応するかのように、流れる星はその数を増していくばかりだ。

「綺麗ね」

「ああ」

　何度見ても心が震える。流れては消えていく星々が儚《はかな》くて、美しくて、目が離せない。

「……去年までは一人で見たり、見なかったり、宿舎で誰かと見たりだったんだけどな。今年はこうしてお前と一緒に見られるのが、なんかいいな」

小さな声は優しい響きに満ちていた。

わたしと一緒に見るこの星降りを、特別なものだと思ってくれている。そんな優しい声だった。

「そうね、わたしも……ノアと一緒に見られてよかったって思ってる。去年まではずっと、家族と過ごしていた星降りの日だけど、これからはノアと一緒に見ていくのね」

「来年は庭の東屋で見るか。二人だけで」

「いいわね。約束よ？」

「ああ、約束。来年も、その先もずっと一緒に見ような」

その約束に胸がぎゅっと締め付けられる。嬉しいのと、切ないのと、恋しさが全部混ざって、わたしは頷く以外に出来なかった。口を開いたら、何だか涙まで零れてしまいそうだったから。

ノアは分かっていると言わんばかりに、わたしの肩を抱く腕に力を込めた。力強いその温《ぬく》もりに、星空が滲《にじ》んで見えてしまったのはわたしだけの秘密だ。


星降りは数分で終わってしまう。

段々と数が減っていく流れ星に終わりを予感していたら、長い軌跡を残した星を最後に空は静寂を取り戻した。明るい星もささやかな光の星も、何事もなかったかのように瞬いている。

人の波が動き出しても、わたしとノアは同じ場所から動かずにいた。壁際だから迷惑になる事もないだろう。

あまりりす亭の入口は目と鼻の先だから、急ぐ必要だってない。余韻に浸った人達がそれぞれのお店に戻っていくのを眺めながら、わたしは深い息をついていた。

「今年の星降りも素敵だったわ。一つくらい手の平に落ちてきてしまうんじゃないかと思うくらいだった」

「星がお望みか？」

冗談めかしてノアが笑った。わたしの肩を抱いていた手は下ろされて、次は手を繋いでくれた。わたしよりも温かくて大きな手に包まれるのが好きだ。

人の波が引いていく。街灯やお店の明かりもまた灯されて、あっというまに賑わいが戻ってくる。

「星を頂戴なんて言ったら叶《かな》えてくれるの？」

「もちろん」

「星の形の砂糖菓子とか？」

わたしも軽口を紡いで笑ったのに、ノアは眼鏡のつるに指をかけて持ち上げる。前髪の向こうから覗くのは色を濃くした——紫の瞳。金の瞳孔が輝いていた。

「夕星なんて言われるこの瞳も、お前だけのものだ」

甘い声に眩暈がした。

溺れるくらいに深い紫が、わたしを真っ直ぐに見つめている。

「その夕星に、ずっとわたしを映してくれる？」

「当たり前だろ」

優しい声で笑ったノアにつられるように、わたしも笑った。

流星群より特別な星が、想いを宿してわたしだけを見つめてくれる。

それが嬉しくて、幸せで。口にしても足りない想いを伝えたくて、繋ぐ手にぎゅっと力を込めた。

終章　心を繋いで

今年の夏はあっという間に去っていった気がする。

暑かったし、楽しんだのは間違いないんだけれど……色々と忙しかったからかもしれない。

窓の向こうは青い空。

秋の色が強くなり、夏が終わったのだと、そう感じさせる高い空だった。

少しだけ開いた窓からは、時折吹き込む穏やかな風に薄手のカーテンが揺れている。もう熱気を孕《はら》んでいないその風は、どことなくひんやりともしていて、やっぱり秋の気配を纏《まと》っていた。

わたしの唇に紅をさして、ドロテアが満足そうに頷《うなず》いてから数歩下がる。

大きな鏡の中に映るわたしは幸せそうに微笑《ほほえ》んでいて、自分でも綺麗《きれい》にして貰《もら》えたと思うくらいだった。

「どう？」

肩越しに振り返ると、既に母が涙ぐんでいて少し笑ってしまった。そんな母の背を支えながら、お腹の大きな姉が微笑んでいる。

「綺麗よ、アリシア。とっても綺麗」

「ええ、本当に綺麗だわ。幸せにね」

ドロテアに手伝って貰って立ち上がり、ドレスの裾を少し持ち上げながら二人の元へと近付いた。三人で抱き合うと、わたしまで目の奥が熱くなってしまうけれど……泣くのは我慢。折角綺麗にして貰えたのに、お化粧が崩れてしまうから。

母は少し下がって、わたしの姿を頭から足元までゆっくりと見た。微笑みながら頷いて、やっぱり目元をハンカチで拭っている。

わたしも自分の体を見下ろしてみたけれど、白一色の衣装に何だかそわそわしてしまった。

ドレスはウエストの位置を高く、上半身から裾に掛けてスカートが広がるラインのものを選んだ。レースや刺繍《ししゅう》も同じ白なのに、とても華やかに見えるのだから不思議だと思う。

首と胸元はレースで覆われているけれど、両肩から脇にかけては肌が見えている。首後ろから背中も同じレースで覆われているといえど、着てみるまでは何だか恥ずかしかったものだ。試着の時にはもう慣れてしまって、綺麗なドレスだと思ったけれど。

編みこんだりねじこんだりしながらまとめられた髪には、真珠とアメジストで作られた髪飾りが挿されている。耳から垂れるピアスは婚約記念品のもの。動くたびに軽やかな音を響かせていた。これらの紫色は、ノアの瞳の色によく似ていた。

――コンコンコン

ドロテアが扉に向かい、応対してくれる。振り返って「旦那様方です」と言うから、入って貰うように頷いて見せた。

開いた扉から入ってきたのは、父と兄、それから姉の夫のデルト・レステーゼ子爵。最後にマルクが入室して静かに扉を閉めてくれた。

「アリシア、凄《すご》く綺麗だ」

声を掛けてくれた父の目は既に真っ赤になっているものだから、それがおかしくて笑ってしまった。隣の兄も「また泣いてる」なんて笑っているけれど、そういう兄だって目尻を指先で拭っている。

「ありがとう。もう……泣くのは早いんじゃないかしら」

「父さんは昨日の夜から泣いてたからねぇ」

「兄さんは？」

「……僕は今朝からかな」

「あなたも泣いていたのね」

呆《あき》れたような姉の声に、皆で笑った。賑《にぎ》やかな声が吹き込んできた秋の風と混ざっていく。そんな穏やかな時間だった。

今日は――わたしと、ノアの結婚式。

ドロテアに手伝って貰って、椅子に座る。

皆もソファーに座って、始まりの時間を待っていた。

姉のお腹はもうすっかり大きくなって、今月には生まれるだろうと言われているらしい。お腹を撫《な》でる姉と、その姉を愛しそうに見つめる義兄《あに》の様子に目を細めた。

「もう参列する人達は神殿内に入っているんだけどさ、お忍びでジーク王太子殿下が来ているってアリシアは聞いたかい？」

「初耳だわ」

兄の言葉にぎょっとしていると、母がくすくすと笑いながらわたしの長手袋を直してくれた。

今日のお式は家族の他は本当に近しい人しか呼んでいない。貴族の結婚式は本来ならもっと大々的に行って、様々な人を招待するらしいのだけど、ノアが「俺は貴族っていうより騎士だからな」と言ってくれたのもあって、小さな規模のものになっている。

家族、祖父母、友人達。

そんな中でどうして王太子殿下が、と思うけれど……何となく予想はついた。

「……カミラ王女の件ね？」

「そうだろうね。この結婚は王家が祝福しているものであると、内外にアピールしたいんじゃないかな」

「兄さんが圧をかけたわけじゃ……」

「今回は違う」

今回は、に含みを感じるけれど、そこには触れないようにした。

カミラ王女はすっかり大人しくなったと聞いた。アンハイムでは王が退位し、王太子殿下が跡を継いだというのも耳にしたから、きっとあの国でも色々あったのだと思う。

　今までおろそかにしていた勉強にも励むようになったカミラ王女は、我儘《わがまま》も控えるようになったのだとか。性格が今すぐ変わるわけではないけれど、忠言に耳を傾けて、反省する事が出来るようになった……というのは、ヨハンさんが手紙で教えてくれたそうだ。その手紙を受け取ったのはラルスさんで、二人は今もやり取りをする仲らしい。

「まぁいいじゃない。お祝いして下さるなら、して貰った方がいいわ」

　母の言葉に、それもそうかと頷いた。

　それでいいのだと思えるくらいに、あれはわたしの中ではもう終わった事なのだと思う。

「ねぇアリシア。今度、新居に遊びに行ってもいい？」

「ええ、もちろんよ。いつでも来て欲しいわ」

　姉が嬉《うれ》しそうに笑うから、それだけで場が明るくなるようだった。

「遊びに行けるのと、この子が生まれるのとどちらが先かしら」

「生まれたら外出するのは難しくなるだろうからね。先に伺った方がいいかもしれないけれど……アインハルト殿もアリシアさんも少しお休みを取るんだったね？」

　義兄の言葉に頷きながら、額にかかる前髪を軽く直した。すぐドロテアが音もなく近寄ってきて、前髪に櫛《くし》を入れてくれたから直っていなかったのかもしれない。

「はい、一週間ほど」

「一週間？　もっと長く取れたら良かったのにね。今からでもどうにかならないかしら」

姉の言葉にくすくすと笑みが漏れた。

今にも関係各所に掛け合いそうな勢いで、それを感じ取った義兄にしっかりと肩を抱かれている。

「落ち着いたらもう少し長いお休みを取る予定なの。だから大丈夫よ」

「そう？　それならいいんだけど……じゃあアリシアのお休みが終わって、少し落ち着いた頃に連絡するわ」

「待ってる」

行動力のある姉の事だ、本当に遊びに来てくれるだろう。

お腹の赤ちゃんの事を考えると無理はしてほしくないのだけど、そうなりそうなら義兄が止めてくれるだろうとも思っている。

――コンコンコン
ノックの音が響く。

壁際側に控えていたマルクが扉に向かってくれる中、壁に掛かった時計に目をやると開式の時間がもう間もなくまで近付いていた。

「アインハルト様です」

「入って貰って」

頷いたマルクが扉を開ける。

控室に足を踏み入れたノアが、わたしを見て固まってしまった。でも……固まったのはわたしも一緒だった。

ノアは騎士団の正装姿だった。

詰襟の形は変わらないけれど上着は真っ白。ズボンは黒で、ベルトにも華やかな装飾が為されている。金の飾緒《しょくしょ》や胸に飾られた勲章など、いつもの騎士服とは雰囲気がまるで違っている。

髪も後ろに撫でつけて、眼鏡もない。アインハルトとしての姿だった。

マルクが静かに扉を閉める。その音で我に返ったようにあ息をついたノアは、紫の瞳を優しく細めながらわたしへと近付いてくる。

「綺麗だ、アリシア」

「ありがとう。ノアもとっても素敵よ」

ドキドキして胸の鼓動がおさまらない。

いよいよだと思うと緊張してしまうし、落ち着かない気持ちになってしまう。

そんなわたしの様子に、ノアはいつものように笑ってくれて、ようやくわたしも笑う事が出来た。

「……アインハルト様って、あんな顔をするのね」

小さく呟《つぶや》いた姉の声に、周囲に目をやると皆が同意するように頷いている。

それがなんだかおかしくて、ノアと顔を見合わせてまた笑ってしまった。

神殿の中、祭壇までの道をノアと一緒にゆっくりと歩む。

参列者の方々は、肩越しに振り返るようにわたし達を見守ってくれている。皆が晴れやかな笑みを浮かべているのが印象的だった。

ノアの腕に手を添えて、青い絨毯《じゅうたん》の上を進んだ。

視線を上げると、それに気付いたノアがわたしに目を向けてくれる。口元が優しく綻んで、幸せに胸が弾んだ。

祭壇に居る神官様の前で足を止める。

わたし達より数段高い場所にいる神官様は、片手に大判の厚い本を持っていて、空いた手をわたし達の上に翳《かざ》した。

ドキドキと心臓が騒がしい。

緊張しているのと、嬉しいのと……何ともいえない不思議な感覚。胸がいっぱいで切ないのに、それさえも愛おしいなんて。ノアに恋をしなければ、知らなかった。

神官様の祝福の言葉を聞きながら、今までの事を思い返す。

ノアと初めて会ったのはあまりりす亭で、分厚い前髪と眼鏡で顔は見えないけれど綻ぶ口元は最初から優しかった。

時々会えば言葉を交わす事も増えて、軽口や冗談も言い合う友人になって——会うのが楽しみになっていた。

あの時はまさか、こんな未来が訪れるなんて思わなかったけれど。

「では誓いの言葉を」

神官様の声は、静かなのによく通るから不思議だ。

ノアがわたしへと体を向ける。それを合図にわたしもノアへと向き直った。

夕星《ゆうつづ》の光がわたしだけに注がれている。

穏やかで力強いその瞳がわたしの心を奪い続けるって、この人は知っているんだろうか。

「私、ジョエル・ノア・アインハルトは生涯の伴侶となるアリシア・ブルームと出逢《であ》えた事に感謝を捧《ささ》げます。いついかなる時もお互いを尊び、支え合い、絆《きずな》を深め、永遠に愛する事を誓います」

温かな言葉がわたしの心に真っ直ぐ届く。

誓いの定型句のはずなのに、ノアが本当にそう思って口にしているってわたしにはちゃんと伝わるから。

溢《あふ》れる気持ちが涙となって頬を伝った。

それを見たノアが表情を緩めて、わたしの目元を指で拭ってくれる。彼も白手袋をしているのに、その指先に宿る熱が伝わるようだった。

「……わたし、アリシア・ブルームは生涯の伴侶となるジョエル・ノア・アインハルトと出逢えた事に感謝を捧げます。いついかなる時もお互いを尊び、支え合い、絆を深め、永遠に愛する事を誓います」

ゆっくりと、ノアに伝わるように想いを込めて誓いの言葉を口にする。昨日何度も練習してきたから、間違えなかった事に内心でほっとしたのもあるけれど……きっと、少し間違えたってノアは笑ってくれるんじゃないかと思う。

大事なのは気持ちだって、そう言ってくれるだろう。

わたしが言葉を紡ぎ終えると、ノアは嬉しそうに笑った。

その笑みがあまりにも幸せに満ちていたから、やっぱりまた涙が零《こぼ》れた。

「誓約書にサインを」

また神官様へと体を向ける。

署名台に用意されているのは、誓約書と羽根飾りのついたペン。誓約書を国に提出して、わたし達は——夫婦と認められるのだ。

まずノアがペンを取って、名前を書いていく。

何度も手紙をくれていたから字を見慣れているけれど、綺麗だと思う。手紙の文字を何度指でなぞった事だろう。

ノアがペンを渡してくれて、わたしも名前を記した。

アリシア・ブルームという名前を書くのは、これが最後になるのだろう。これからはブルームではなく、アインハルトとなるのだから。そう思うと胸の奥が少し痛むけれど、でも……わたしとブルーム家の繋がりが切れてしまうわけではないもの。

「この瞬間をもって、あなた達は夫婦となった。新たな夫婦の未来に幸多からん事を」

神官様が本を持つのとは逆の手で、祈りの印を宙に切る。

その祝福を受けながら幸せを感じていたわたしの手を、ノアがぎゅっと握ってくれた。繋いだ手は、今までで一番力強くて温かかった。


参列者の間を歩むと、皆が舞い散らせる花弁が降り注ぐ。美しくて優しい花の雨を受けながら神殿の外に出ると、わたし達の後について出てきた皆に囲まれた。

「おめでとう。君達の未来が幸せで彩られるように、私も、そして王家も心から願っている」

ジーク王太子殿下の言葉を頂戴して、わたしとノアは揃《そろ》って頭《こうべ》を垂れた。

王家からの祝福は、きっと私が思っているよりも重いものなのだろう。それがわたし達を守る盾の一つになるのかもしれない。

「おめでとう。まさか本当に結婚式を早めるなんてな」

「アリシア、とっても綺麗よ。幸せになってね」

にこやかに笑うラジーネ団長と、涙ぐんでいるウェンディ。

「出来ればもっと早めたかったくらいですが」

団長の言葉に肩を竦《すく》めて、ノアがそんな事を言うものだから思わず笑ってしまった。

季節をひとつ早めるだけで、随分と大変だったと聞いているのに。いつもは頼らないアインハルト伯爵家の伝手《つて》まで頼ったと、お義母様《かあさま》が笑っていたのを思い出す。

「ノアくん、アリシアちゃん、おめでとう〜！」

「おめでとう。いい酒を用意しておくから、飲みにきてくれ」

びしょ濡《ぬ》れになったハンカチを握りしめながらまだ泣いているエマさんと、その肩を抱くマスター。

あまりりす亭が無ければ、出会っていなかったわたしとノアだから。二人がこうして喜んでくれているのが、わたしも嬉しかった。

「エマさん、マスター、いつも本当にありがとう。結婚したって変わらずお店に通うわ。そうよね、ノア？」

「ああ。また珍しい酒も頼みたい」

ノアが前に頼んだウーゾが思い出される。

あのお酒も美味しかったし、ノアとならきっとこれからも沢山の事を楽しめるって分かってる。

「おっめでとー！　今日もアインハルトの顔がデレデレだねぇ」

ラルスさんが腕に掛けた籠から花弁を撒《ま》きながらお祝いの言葉をくれる。

撒いていると言うよりノアの顔に向かって投げつけているような気もして、ノアはすっかり花弁まみれだ。

「それもそうだろう。結婚式だぞ」

「いいよねぇ、俺も出会いが欲しい。誰か紹介して、ほんと。アリシアちゃん、誰かいない？」

「アリシア、こいつの話は聞かなくていいし口も利かなくていい」

「ひどい」

仲の良さが伝わるような二人のやりとりに、声をあげて笑ってしまったのも仕方がない事だろう。

ノアは辛辣な振りをしているけれど、ラルスさんの事を信頼しているのをわたしは知っているもの。

それから図書館の館長や上司に同僚、騎士団の皆さんからもお祝いの言葉を頂いて。

アインハルト家、ブルーム家、祖父母たち……皆が一様に笑っていてくれたのが嬉しかった。

わたし達の結婚を、こんなにも沢山の人が祝ってくれる。

わたし達が共に居る事を、喜んでくれる。

そう思うとまた涙が込み上げてきて、堪《こら》える為に見上げた空には薄い雲がたなびいていた。

「アリシア」

わたしの様子に気付いたノアが、耳元に唇を寄せてくる。

なぁにと問い掛けるよりも早く――

「愛してる」

低くて甘い声で囁《ささや》かれて、その場に崩れてしまうかと思った。ノアが腰を抱いてくれなかったら、きっとそうなっていただろう。

顔に熱が集まってくる。

そんなわたしを見て笑う彼の夕星も色を濃くしているようだった。


幸せに包まれた結婚式が終わった後。

王都にあるアインハルト伯爵家のお屋敷で、ノアとわたしの為にお祝いの食事会が開かれた。わたし達と家族だけの食事会は、とても賑やかで、そして美味しいものだった。

兄弟に囲まれたノアはいつもと違う雰囲気で、きっとわたしもそうだったのだと思う。

皆がわたし達の結婚を祝ってくれて、何度も「おめでとう」を言われて。そんな楽しい時間はわたしのお酒も進ませてしまって——帰りの馬車から降りる足元は、なんだかふわふわとしていた。

そして、いま。

メイドに手伝って貰って盛装を解き、お風呂に入ったら酔いも少しは落ち着いたみたいだ。檸檬《レモン》の入ったお水を飲んでる間に髪が乾かされていく。いつもは自分でやるのだけど、今日は甘えさせて貰った。ドキドキしてしまって、落ち着かなかったから。

薄手の寝衣の上からガウンを羽織り、メイドと共に夫婦の寝室に向かう。

扉を開けてくれたメイドはにこにこと穏やかに微笑《ほほえ》んで、わたしが寝室に入ると一礼をしてから去っていった。後ろで静かに扉が閉まる。

「酔いは醒めたか？」

笑み交じりの声に、そんなにも酔っていたかと首を傾げる。

ソファーに座るノアもお風呂上がりなのか、黒髪がまだ少し濡れているらしく色濃く艶めいていた。

「そんなに酔っていたかしら。自分ではいつも通りだったんだけど」

「足元が少し危なかったくらいかな」

「それくらいならいいわ。危なくてもノアが支えてくれるって、分かっているし」

「俺も、お前一人の時にあんなに飲ませるつもりはないからな」

ノアの隣にわたしも座って、ソファーの柄を指でなぞった。やっぱりこのソファーを選んで正解だった。座り心地も申し分ないし、貝殻みたいな可愛い形も深い青色も気に入っている。

「酔いが醒めたところだが、ワインを貰ってる。飲むか？」

「飲みたいわ。誰に頂いたの？」

陶器で出来たワインクーラーで冷やされていたワインをノアが手にする。ソムリエナイフを使って手際よく栓が抜かれると、軽やかな花の香りがした。

用意されていたグラスに注がれるワインは琥珀《こはく》色。

「うちの兄さんから寝る前にでもって。それ以外にも色んな人が贈ってくれたから、今日だけでこの家のワインセラーが半分以上埋まったぞ」

「ふふ。みんな、わたし達がお酒が好きだって知っているものね」

好きなワインでいっぱいにしたい。そんな風に笑い合っていたけれど、皆からのお祝いでいっぱいになるのも嬉しい。あとで確認して、お礼の手紙を書かなくては。

差し出されたグラスを受け取って、軽く掲げ合う。口に含んだワインは口当たりが軽やかで、飲みやすかった。甘いけれど、後味には少しの酸味が残っている。

「美味しい」

「飲みやすいな」

ふと隣のノアに目を向けると、髪は下ろされているけれど眼鏡は掛けてないようだった。前髪の隙間から見える紫色が優しく細められている。

「疲れたか？」

「少しだけ。でもそれ以上に楽しかったし、幸せでいっぱいなの。皆がお祝いしてくれたのもだけど……ノアと結婚出来たのが本当に嬉しくて」

またワインを口にした。檸檬水だけじゃ足りなかったのか、まだ喉が渇いているみたい。もしかしたら、少し緊張しているからかもしれないけれど。

「そうだな、俺も嬉しい。お前が俺の隣で、そうやって笑っていてくれる事も」

柔らかな声に目を瞬《しばた》いた。片手を自分の頬にあてて、そんなに緩んでいたかと確認してしまう。そんなわたしを見て、ノアは可笑《おか》しそうに肩を揺らした。

「そういうところも可愛い」

「……もう、揶揄《からか》ってるでしょ」

「俺はいつだってお前を可愛いって思ってるけど？」

その声があまりにも甘やかで、心臓がばくばくと騒がしくなってしまう。顔が熱いのをお酒のせいに出来るほど、ワインは強いものではなかった。

「はは、真っ赤。……本当に可愛い」

何か言おうと口を開いても、声を失くしたみたいに何も紡ぎ出せなくて。浅い呼吸だけが漏れるばかりで、どうしていいか分からなかった。

ノアは楽しそうにワインを口にすると、グラスを持つのとは逆の手でわたしの肩を抱き寄せる。その温もりにほっと深い息をついて、わたしもまたグラスに口を寄せた。

「……ノアが甘いわ」

「甘くもなるだろ。悪いが慣れて貰うしかねぇな」

「慣れるなんて出来るかしら。たぶん、ずっと……ドキドキしてしまうもの」

いつだって、何度だって恋に落ちる。

わたしの知らないノアの一面を見る度に、恋に落ちる音が聞こえるんだと思う。

ノアはわたしが手にしていたグラスを取り上げると、自分の持っていたグラスと一緒にテーブルへと置いた。まだ飲んでいる、と抗議しようとしたのだけど、ガウンが肩から落とされたら何も言えなくなってしまう。

「あとでいくらでも飲ませてやるから心配すんな」

「別にそんな心配をしているわけじゃ……」

言葉の途中でノアに抱き上げられる。背中と膝裏に感じる手が熱くて、また鼓動が跳ねた。落ちる心配はないけれど、ノアの首に両腕を絡めたのは――わたしも触れたかったから。

いつもよりもノアの歩調が早いのはきっと気のせいじゃなくて。

ベッドに優しく下ろされると、前髪の奥で夕星が色を濃くしているように見えた。

「アリシア、愛してる」

蕩《とろ》けるように甘やかで、想いの詰まった声で囁かれたら胸の奥が苦しくなる。切なくて、好きって気持ちが溢れるばかりで、開いた口から漏れる息が熱を孕んでいた。

「わたしも。わたしも、ノアの事を愛してる」

紡いだ言葉は自分でも驚くくらいに、恋の色に染まっていた。

そんな言葉に笑ったノアが、いつもよりも幸せそうで、なんだか泣きたくなってしまう。

覆い被さるノアが私の顔横に両肘をつくから、彼に包まれているみたいで心臓がずっと落ち着かない。

優しい唇が額に触れて、それから頬に滑り落ちる。擽《くすぐ》ったさに吐息を漏らすと、それを飲み込もうとするかのように唇が重なった。

心が繋がる。夜はまだ、明けない。

触れられる場所に熱が刻まれているみたい。それさえ愛しくて、幸せで。

「愛してる」

何度も繰り返した言葉に、ノアが笑う。

深く輝く夕星に溺れて、わたしも笑った。

番外編　わたしだけの特別

空が高く、色を薄くしているような気がした。

秋が深まっていくのを日に日に感じている。色付く木々の葉が落ちてしまい、風が冷たくなって、気付けばすぐ冬が来るのだろう。お屋敷を囲む木々はすっかり秋の色に染まっている。

そんな事を考えながら、わたしは図書室から裏庭に抜けるガラス扉を開けて、色とりどりのタイルで彩られた東屋《あずまや》までの道を進んだ。

片手に抱える小説はシリーズもので、昨日の夜に一巻を読み終えたところだ。今日はお休みのわたしは、二巻を読むのを楽しみにしていたのだ。

裏庭にある東屋は腰高の壁に沿ってぐるりとベンチが設置されている。クッションが縫い付けられた座面は深い青色で、まるでソファーのように座り心地が良い。風が吹き抜けるこの東屋はわたしのお気に入りの場所だった。

艶やかな石で作られたテーブルにはベンチのクッションとお揃《そろ》いのクロスが掛けられている。ここでお茶をしながら本を読むと言ったから、屋敷のメイドが用意してくれたのだろう。

カラカラというティーワゴンを押す音が聞こえて目を向けると、そのメイドがお茶を持ってきてくれたようだ。

テーブルに用意されていく紅茶とタルト。

紅茶からは白い湯気が立ち上り、秋の風に溶けていく。カボチャのオレンジ色が可愛いタルトは、飾りに種がちょこんと載せられていた。

「奥様、宜《よろ》しければこちらもお使い下さい」

メイドが渡してくれたのは厚手のショールだった。涼しいくらいの気温だけど、ずっと外に居たら肌寒くなるかもしれない。気遣いが嬉《うれ》しいけれど、奥様と呼ばれる度にまだ恥ずかしい気持ちもある。

「ありがとう。ノアが帰ってきたら教えてくれる？　夕方になるとは聞いているんだけど……」

「かしこまりました」

綺麗《きれい》な礼をしてから去っていくメイドを見送って、ショールを膝に広げた。

わたしはお休みだけど、ノアは仕事だ。行きたくないと朝から溜息《ためいき》をついていた彼の事を思い出して、くすくすと笑みが漏れてしまう。

カップに手を伸ばして紅茶を一口飲む。温かな紅茶にほっと息をついてから、わたしは本を開いた。歌劇にもなった冒険小説でこの後もまだまだ続いているから、長く楽しめそうでそれも嬉しい。

秋の匂いを含んだ風に遊ばれる髪を手で押さえてから、わたしは本の世界へと飛び込んでいった。

読み終わった本を静かに閉じる。心地よい読後感に一息つくも、ずっと同じ姿勢でいたからか、体が強張っている事を自覚した。

首をぐるりと回してからカップを取ると、すっかり冷めてしまっている。申し訳なく思いながら、紅茶を一気に飲み干した。少し苦味が強くなってしまっているけれど、それでも美味しい。

今更ながらフォークを手にして、カボチャのタルトに向き合った。いつもは本を読みながらでもおやつを食べられるのに。それが出来ないくらいに集中してしまっていた。

一巻も面白かったけれど、二巻はそれを上回るほどと思うくらいに面白かった。坂を上り切った瞬間に一気に突き落とされるような、そんなスリルを感じながら読み進んだ。しかも謎を残したまま三巻へと続く終わり方になっていたから、続きが気になって仕方がない。

夕方までに三巻を読み終えられるだろうか。中断しても、夜に続きを読む事は間違いないけれど……寝不足になってしまうかもしれない。

そんな事を考えながらカボチャのタルトを一口食べた。滑らかなカボチャのペーストはほどよい甘さで食べやすい。水分を含んでしっとりとしたタルト生地も美味しくて、これはまた作ってもらおうと心に決めた。

アインハルト伯爵家が手配してくれたのは、家令やメイド、庭師だけではなくシェフもだった。シェフは大柄で豪快に笑う男性で、何でも作れる人だった。スイーツを作るのも得意らしく、毎日のように美味しいお菓子を出してくれる。

外食も好きだけど、家でも美味しいものを食べたいわたしとしてはとても有難い。

カボチャのタルトを食べ終えて、続きの三巻へと目を向けた時だった。

足音が聞こえた気がして顔を上げる。石畳を歩いてきているのは——ノアだった。

まだ騎士服姿で、前髪もしっかりと上げている。

帰りは夕方になると聞いていたけれど……。わたしが目を丸くしていると、ノアが可笑《おか》しそうに肩を揺らした。

「ただいま、アリシア」

「お帰りなさい。もうお仕事は終わったの？」

「ああ。王太子殿下の護衛任務だったんだが、早めに終わってね。ラルスが報告書を纏《まと》めてくれるっていうから、甘えて帰ってきた」

「そうなのね。お疲れ様」

ノアは「ありがとう」と笑いながら、騎士服の襟元を寛《くつろ》がせる。着替えないのかと聞くよりも早く、わたしの隣に腰を下ろした。

ノアの歩いた道を辿《たど》るように、メイドがティーワゴンを押しながら石畳を歩いてきている。

メイドはわたしのティーセットを片付けてから、また新しい紅茶で満たされたカップをわたしの前に置いてくれた。同じようにノアの前にも湯気の立つティーカップを置いて、それからカボチャのタルトのお皿も用意した。

「奥様は別のケーキになさいますか？」

先程タルトを頂いたからか、気を遣ってくれたのだろう。それに首を横に振って、わたしにもカボチャのタルトを用意して貰《もら》った。

「このタルトが凄《すご》く美味しかったから、また作ってもらおうと思っていたの」

「それはようございました」

にっこり笑ったメイドが綺麗な礼をしてから、ワゴンを押して去っていく。

それを見送ってから、紅茶のカップを手に取った。さっきは本を読んでいたらすっかり冷めてしまったから、温かいものを飲めるのは嬉しい。ベルを鳴らしておかわりを頼めば良かっただけなんだけど。

温かいと花の香りを強く感じる。すっきりとした苦みも美味しい。

「ノアは着替えてこなくていいの？」

「ああ。この姿でもいいだろう？」

「それはもちろん構わないけれど」

構わないし、だいぶ見慣れたとも思うけれど……やっぱり雰囲気が違うとは思う。本人は自覚しているかわからないけれど、言葉だって少し固い。声色はとても優しいのに。

「着替えてくる時間も惜しいんだ」

「バカね、ずっと一緒に居られるのに」

「それでも」

結婚したのだから、婚約者だった時よりも共に過ごす時間は増えている。でも……嬉しい。わたしもいつも一緒に居たいと思っているから。

結婚したからといって、この想いが落ち着く事なんてなかった。大好きだっていう気持ちが溢《あふ》れるばかりだ。――そう、今も。

隣に座るノアに抱き着きたくなる気持ちを抑えて、わたしはフォークを手に取った。

ノアはもうタルトにフォークを沈ませている。

「このタルト、凄く美味しかったの。ノアと一緒に食べられて嬉しいわ」

「そんな事を言ってくれるなら、早く帰ってきた甲斐《かい》があったな」

口元を綻ばせながら、ノアがタルトを一口食べる。何度か頷《うなず》きながら「美味い」というのが嬉しい。わたしが美味しいと思ったものを、彼も同じように思ってくれる。些細《ささい》な事だけど、それがとっても嬉しいのだ。

わたしもタルトにフォークを寄せて、カボチャのペーストを掬《すく》って口に運んだ。

二つ目だけど、やっぱり美味しい。凄く滑らかで口溶けがよく、甘すぎないから食べやすい。

「今日は何をして過ごしてた？」

「姉さんへのお手紙を書いたの。ほら、こないだ遊びに行った時にベビー服を贈ったでしょう？　そのお礼のお手紙が届いたから、返事を」

姉が男の子を産んだのは、わたしの結婚式から一週間後の事だった。子どもが生まれる前に、このお屋敷へ遊びにくる予定だったのだけど、それは叶《かな》わなかったのだ。

姉と甥《おい》の体調も落ち着いて、二人の顔を見に行ったのはつい先日の事。ノアと一緒に選んだベビー服を贈ると、姉も義兄《あに》も大層喜んでくれた。

甥は姉と同じ金の髪をしていたけれど、義兄によく似ていたように思う。ぷっくりとした丸い頬が印象的で、とても可愛らしかった。両親も兄も甥に夢中になっていて、何でも贈りたがるのを姉が必死で止めていた。でもその気持ちも分かるくらいに、甥は可愛かった。

「それから昼食を頂いて、その後はここで読書ね」

「今まで？　体が冷えたんじゃないか」

言いながらノアの指先がわたしの頬に触れる。指がとても温かく感じてしまうから、きっと自分で思う以上に冷えていたのかもしれない。

ノアが顔を顰《しか》めているから、きっと間違っていないだろう。

「冷えてる」

「でも寒くはなかったのよ。ショールも掛けていたし」

「それならいいが……本に夢中になったら、寒いのも気にしなくなるだろう？」

「……否定は出来ないかもだけど。でも今日は本当に大丈夫」

体は少し冷えているかもしれないけれど、本当に寒くはなかったのだ。ノアはじっとわたしの事を見つめて、それから小さく頷いた。我慢しているわけじゃないっていう事が、伝わったのだと思う。

「そんなに夢中になるなんて、何の本を読んでいたんだ？」

「今日はね、この本」

わたしは読んだばかりの二巻をノアに向かって掲げて見せた。

「読んだ事がなかったのか？」

表紙を見たノアが不思議そうに口にする。それもそうだと思う。わたしが読んでいるこの冒険小説は一巻が刊行されてからもう十年以上経っている。長年のファンも多いシリーズだから、本を読むのが好きなわたしが読んでいなかった事に驚くのも無理がないだろう。

「人気なのは知っていたんだけど……なんだか手に取る機会がなくて」

「確かにいつもは冒険ものは読まないしな」

「そうね。恋愛小説やミステリー、旅行記が多いかも。図書室にあったから読んでみたんだけど、人気なのも頷けるくらいに面白かったわ。これはノアが持ってきたものよね？」

「ああ。俺も読み始めた時は、お前のように一気に読んだよ。でも――」

言葉を切ったノアは、わたしの隣に積み上がった本へと一度視線を送る。すぐにわたしに視線が戻ったと思ったら、わたしは一瞬の間にノアの膝へと乗せられていた。

「読書はお休み。これからは俺の時間だ」

「あら、わたしと一緒に本を読む時間も好きでしょう?」

「好きだけど。でもいまは俺がお前を独り占めしたい」

膝に乗せられたまま ぎゅうぎゅうと抱き締められて。仕方ないわね、なんて笑いながらノアの髪に手を伸ばした。しっかりと後ろに撫《な》でつけられている髪に触れて、そっと乱した。

「なんだ、乱れ髪がお好みか?」

「こういうノアを見られるのも、わたしだけの特権でしょ」

「違いないな」

喉の奥で低く笑って、ノアが自分の髪に手を伸ばす。くしゃくしゃともっと乱してしまうと、いつも見ているノアの姿だ。前髪で目を隠した、いつもの『ノア』としての姿。

騎士服姿で背筋を正している彼の姿も好きだけど、猫背で大きな口で笑う彼の姿も好き。

でも夕星《ゆうつづ》のような瞳が見れないのは残念だから、また彼の前髪を後ろに撫でつけた。綺麗な額に前髪が少し落ちていて、なんだかドキドキしてしまう。

わたしを見つめる眼差しが優しくて、わたしへの想いに溢れているようだった。

「好きよ。大好き」

「俺も」

短く告げた言葉に、ノアが嬉しそうに笑う。

またぎゅっときつく抱き締められて、首筋に顔を埋められる。乱れた髪が肌に触れてくすぐったいけれど、その頭を抱き込むようにわたしからも抱き締めた。

東屋を吹き抜ける風が少し冷たく感じる。

でもそれは、わたしの体が熱を持っているからかもしれない。

ノアと結婚して、どれだけ幸せだと実感しているのか——きっと彼は知らない。

だから伝えていかなくちゃ。

わたしは、幸せだと。

わたしの幸せは、ノアと共にあるという事を。

番外編２　ランタンだけが見ていた

馬車の窓から外を覗《のぞ》く。

牧草地の広がる風景は時間がゆっくりと流れているようにも見える。刈り取られた草が高く積み上がっている近くでは、牛たちがのんびりと歩いていた。王都とはあまりにも違うのどかな光景に、知らず内に口の端が上がっていた。

「疲れてないか？」

掛けられた声にそちらを見ると、本から顔を上げたノアが微笑《ほほえ》んでいる。

少し開けていた窓を閉めてから、わたしもノアに向き直った。

「大丈夫。ノアは？」

「俺も平気。酔ったらすぐに言えよ？　まだ先は長いから」

「ありがとう」

ノアは立ち上がると、低い天井に頭をぶつけないように身を屈《かが》めながらわたしの隣に腰を下ろした。

そのまま肩に腕を回して抱き寄せてくれるから、遠慮なんてしないで体を預けた。

窓から見える空は高くて、少し色を薄くしている。もう秋も終わるのだろう。そうしたらまた冬が来る。なんだかそれが楽しみだった。

馬車に乗ったわたし達は、アインハルト伯爵領へと向かっていた。

お義母様が誘って下さった収穫祭を見にいくためだ。本当は夏のお祭りにも行きたかったけれど、それには間に合わなかったから、今回は本当に楽しみだ。

今日と明日は道中の宿に泊まって、伯爵領の領都に到着するのは明後日の昼になる予定。収穫祭はその次の日だから充分に間に合うだろう。

「領地に帰るのは久し振りだったかしら？」

「そうだな……二年くらいは帰っていないかも」

「そんなに？」

「長期休みでも取らないと中々難しいからな。だから俺も楽しみにしてたんだ。しかも奥さんと一緒に行けるわけだし」

言葉通り、その声が弾んでいるように聞こえる。わたしが一緒に行く事を喜んでくれているのが伝わって、胸の奥がきゅっと疼《うず》く。抱き寄せてくれるノアの肩に頭を擦り寄せながら「わたしも楽しみ」なんて言うと、ノアがまた嬉《うれ》しそうに笑った。

＊＊＊

王都を出発して三日目。

整地された広い道に出たからか、馬車があまり揺れなくなった。大きな街に近付いているのだろう。そろそろ領都が見えるかもしれないと思って、窓を開けて外を眺めた。

丘の下に広がる領都の建物は真っ白な壁と青い屋根で統一されているように見える。

そして領都の向こうには大きな海が広がっていた。

「……海だわ」

窓から身を乗り出すと、わたしの腰に腕が回る。振り返るとノアがあまりにも柔らかく笑っているから、顔に熱が集まってしまう。

わたしが体勢を崩さないように支えてくれているのだろう。

「ねぇ、すごく綺麗《きれい》。潮の香りもするかしら」

「もう少し街に近付いたらな」

空の青と海の青が水平線で混ざり合う。どこまでも広がるような青色に吸い込まれてしまいそうだった。

領主であるアインハルト家のお屋敷は街を見下ろす丘の上にあった。街には明日の収穫祭に出掛けるとして、今日はお屋敷で過ごす事になる。

エントランス前で馬車が停まるとアインハルト家の皆さんが出迎えて下さった。

お義父様は背が高く、茶色い髪を短く整えている。ノアと同じ夕星の瞳が優し気に細められた。

その隣には義兄《あに》のレナートさんがいる。黒髪を後ろで一つに束ね、お義母様と同じ水色の瞳をしている。ノアと拳《こぶし》をこつんと合わせてから「お帰り。アリシアちゃんもようこそ」と穏やかな声で言って下さった。

お義母様は――勢いよくわたしに抱き着いてきたので、少し驚いてしまった。美しく微笑む様子は少し冷徹にも見えるけれど、実際はとても明るく陽気な方だ。黒い髪を纏め上げた美しい人で、ノアはお義母様似なのだとお会いする度に思う。

「いらっしゃい、アリシアちゃん。ゆっくりしていってね！」

「明日の収穫祭を見たら、明後日には帰るよ」

「もう！　ジョエルったらつまらない事を言うんだから。あなただけ帰ればいいじゃない？　アリシアちゃんはもう少しゆっくり過ごせばいいのに」

「新婚夫婦の邪魔をしないでくれよ」

大袈裟《おおげさ》な程にノアが溜息《ためいき》をつくものだから、みんなで笑ってしまった。

アインハルト家の中にいるノアが、いつもよりも幼く見えるのはきっと気のせいじゃないと思う。わたしの知らないノアを見られるのが、堪《たま》らなく嬉《うれ》しいのだ。

お屋敷や温室、お庭を案内して貰うのも楽しい時間だった。用意して下さった客間から海が見えるのも嬉しかった。わたしが海を見るのを楽しみにしていたと、ノアが伝えてくれたみたい。そんな気遣いも嬉しかった。


美味しい食事もいただいて——その後の時間。

わたしはお義母様に誘われて談話室に居た。ノアの小さい頃の絵姿や写真を見せてくれるというから、もうそんなの頷《うなず》く以外になかったもの。

幼い頃のノアは、もうとにかく可愛かった。

どの写真も大きな口で笑っていて、見ているこちらも笑顔になってしまうような表情をしていた。

レナート義兄《にい》さんと、義弟《おとうと》のシェアトさんと三人一緒に過ごしている様子を写したものが多い。

「とても楽しそうです」

「いつも庭を駆け回っているような子達だったわ。男の子が三人いると日々があっという間に過ぎていくの。毎日毎日、何らかのトラブルが起きるんだから、もう本当に大変だった」

そう笑うお義母様は、その頃を思い返しているのか目を細めた。大変だったのは間違いないのだろうけど、きっとそれもいい思い出になっているのだと思う。

成長するにつれて、ノアの雰囲気も変わっていく。写真では笑っているのだけど、絵姿になると少し固い表情になっている。そう、騎士としてのアインハルトのような。

「騎士として生きる事を決めた辺りから、外ではこんな堅物になっちゃったのよね。騎士学校や寮では、寛《くつろ》いでいたかもしれないけれど。騎士になってからはずっと『お堅いアインハルト様』でしょう？　でもあなたと会って、本当の姿を見せられるようになって良かったたって……私達も安心したの」

紡がれる声はひどく柔らかい。愛に満ちた声だった。

ノアはどうして騎士になろうと思ったのか。今度はそれを聞いてみたいと思った。

「そうだ、アリシアちゃん。小さい頃のこの写真を持っていく？」

「えっ、いいんですか？」

「もちろん。だって可愛いでしょう」

「とっても可愛いです」

ノアは嫌がるかもしれないけれど、いただけるなら持って帰りたい。ちょっと前のめりになってしまったわたしを見て、お義母様は楽しそうに笑った。

どの写真がいいかとお義母様と吟味していると、談話室のドアが開いた。

「僕達もお邪魔していいかな」

入ってきたのはお義父様とレナート義兄さん、それからノア。三人はチェス盤だったりお酒の入ったトレイや、つまめるような食事を持ったりしている。

「どうぞ。私達のお酒もあるのよね？」

「もちろん」

三人はテーブルにトレイを置いてから、チェスの準備を始めている。ノアはわたしの手元が気になったのか、こちらのソファーに近付いてきた。

このお屋敷に来てから眼鏡を外しているノアは、前髪も後ろに撫《な》でつけている。騎士姿のようにきっちりしているわけじゃないけれど、表情がよく見える。

「……俺の写真か？」

「そう。お義母様が見せて下さったの。……嫌だった？」

「嫌じゃねぇけど、何だか恥ずかしいな」

「あら、でもノアもわたしの小さい頃の絵姿を見たでしょう？」

兄がノアに絵姿を見せたのは知っている。

それを指摘するとノアは何も言えないとばかりに口籠もった。まぁ兄はわたしの写真を渡していないだろうけれど。

「アリシアちゃん、これなんてどう？」

お義母様が指さしたのは、海を背景にして満面の笑みを浮かべている写真だった。楽しんでいる事が伝わってくるようなそれに、わたしはつられるように笑みを浮かべた。

「可愛い……。これにします」

「ふふ、じゃあこれはあげるわね」

「ありがとうございます」

「おいおい、持って帰るのか？」

「そう。部屋に飾るの」

差し出された写真を受け取って、胸に寄せる。可愛らしいこの写真はわたしの宝物になるだろう。

ノアは苦笑いをしているけれど、部屋に飾るのは譲れない。

「いまの俺の写真じゃなくて？」

「それも飾るけど。この写真も飾りたいの。わたしの部屋だからいいでしょう？」

「いいけど……」

「ジョエルは写真の自分にヤキモチを焼いているんだろ」

お義父様とチェスをしながらレナート義兄さんが、揶揄《からか》うように笑う。ノアはそれに肩を竦《すく》める
ばかりで、否定をしないものだから何だか恥ずかしくなって頰に熱が集まる。

お義母様がわたしの顔を見て微笑んでいるから、きっと赤くなってしまっているのだろう。

「ふふ、この年になっても息子の新しい一面を見られるとは思わなかったわ」

写真や絵姿を片付けたお義母様がお義父様の隣に座る。

ワインで満たされたグラスを傾けながら、お義父様は楽しそうに頷いた。

「自分でもそれを思い知ってるよ」

わたしの隣に座ったノアが機嫌よさげに笑う。それがいつもよりも少し幼く見えるのは、やっぱ

り家族の前だからなのかもしれない。

腰に回る手に引き寄せられるままに体を寄せる。

穏やかな寛ぎの時間だった。

その場所に、一緒に居られる事が嬉しかった。

＊＊＊

翌日。

気持ちいい程に晴れ渡った空の下、わたしとノアは収穫祭に出掛けていた。

お義父様とお義母様、レナート義兄さんも来ているけれど、お仕事もあるから一緒に回るのは難しいそうだ。

領都の中心にある広場はとても大きく、中央には噴水が見える。

広場を埋め尽くす程の出店が並び、至る所からいい匂いが漂ってくる。

食事が出来るスペースも用意されているけれど、きっとあっという間に埋まってしまうだろう。

「まずは……適当に色々見てみるか。気になるものがあったらその都度って事で」

「いいわね。こんなにお店があるなんて、見るのが楽しみだわ」

眼鏡は掛けていないけど、前髪を下ろしたままのノアがわたしの手を握ってくれる。指を絡めるようにしっかりと繋《つな》がれた手が嬉しくて、わたしからもぎゅっと握り返した。

ノアと一緒にお出掛けする時間はいつだって楽しい。

こうしてどこかに出掛けるのでもいいし、何ならお散歩するだけでもいい。家にいる姿とはまた違うノアを見られるのが好きだなんて言ったら、きっとノアに笑われちゃうだろうけれど。

歩調を合わせてくれるノアに、そんな事を考えていた。


工芸品を見たり、アクセサリーを見たり、色んなお店を回るのはとても楽しかった。

お昼ご飯の時間も近付いてきて、わたし達はお店から借りた木のトレイを持っている。その上には沢山のお皿とお酒が載っていて、見ているだけでお腹がぐぅと鳴ってしまった。

「お腹空いちゃった」

「分かる。美味そうなもん見てると腹も減るよな」

休憩スペースを見回したノアが空いている場所を見つけたようで、こっち、と誘導してくれる。お皿を落とさないように気を付けながら、ノアの後について いった。

周囲の人達も皆がお祭りを楽しんでいるように見える。明るい声が至る所から聞こえてきてとっても賑《にぎ》やかだ。

テーブル席にノアと向かい合って座る。トレイの食べ物や飲み物を並べると、そんなに大きくないテーブルはあっという間にぎゅうぎゅうになってしまった。

でもわたし達らしくて、いいのかもしれない。

「ねぇ、この飲み物って何？」

ノアが選んでくれたのは、ガラスのグラスに満たされた飲み物だった。濁った液体の上には白い泡がふたのようになっている。

「これはピスコサワー。伯爵領では定番のカクテルなんだけど、王都じゃぁあんまり見ねぇよな」

「初めて見たわ。ピスコ？」

「葡萄《ぶどう》の蒸留酒なんだ。そのままでも美味いし他にも飲み方があるんだけど、俺はこれが飲みやすくて好き。こっちに来たら、アリシアにも飲んで貰《もら》いたくて」

そう言うとノアはグラスを持った。わたしも同じようにグラスを持ち、乾杯と二人で掲げ合う。コツンと軽くぶつけてから、わたしはグラスを口に寄せた。

初めてのお酒にドキドキしながら一口飲む。ライムの爽やかな香りが鼻を抜けていった。甘酸っぱくて飲みやすい。

「美味しい……けど、結構強いお酒なのね」

「飲みすぎには注意だな」

喉や胸がかあっと熱くなるけれど美味しい。

ふぅと息を吐くと、もう酒精が混じっている。蒸留酒だし、他にも飲み方があるとノアも言っていた。色々試したいけれど、また別の機会にした方がよさそうだ。

「気に入ったみたいだな？」

「とっても。家でも飲める？」

「もちろん。買っていこうぜ」

「ありがとう」

ワインやエールも好きだけど、好きなお酒が増えるのは嬉しい。そういえば前にも、わたしが知らないお酒をノアと一緒に飲んだっけ。ウーゾを一緒に飲んだ夜も、大切な思い出だ。

「さて、何から食べる？」

「そうねぇ……」

もう一口ピスコサワーを飲んでからグラスを置いた。

テーブルの上には美味しそうなものばかりが並んでいる。小さなカボチャを器に使っているグラタンは蕩《とろ》けたチーズが皮の外にまで溢《あふ》れていて美味しそうだし、出来たばかりだという鶏ハムも気になっている。

白身魚のフリッターも間違いなく美味しいだろうし、カラフルな野菜で作られたピクルスも色鮮やかでとても綺麗。他にも色々あるけれど、わたしが最初に選んだのは——仔牛《こうし》のローストだった。

「これにする」

「そうだと思った」

「だって収穫祭の名物でしょ？　ずっと楽しみにしていたんだもの」

「はは、よく覚えてたな」

笑いながらノアがお肉をお皿に取り分けてくれる。

少し厚めに切られたお肉は綺麗なピンク色をしている。濃い赤色のソースは何だろう？　美味しそうなんて思ったら、お腹がまた鳴ってしまった。

祈りを捧《ささ》げてから、ナイフとフォークを手にしてお肉と向き合った。食べやすい大きさに切って、ソースを絡めたお肉を口に運ぶ。

「美味しい！」

柔らかいけれど厚めに切ってあるためか、食べ応えがある。

ソースは恐らくイチジクだろう。甘みがあって、お肉の旨みとよく合っている。

もう一口分を切って口に入れる。やっぱり美味しい。後味が残っているうちにピスコサワーを飲んだ。さっぱりして美味しい。

「本当に美味そうに食べるな」

「美味しいんだもの。もっと早くに食べたかった」

「じゃあ俺がもっと早くに覚悟を決めたら良かったたな」

わたしと同じようにソースを纏《まと》わせたお肉を口に運びながらノアが笑う。でもその声は冗談めいたものじゃなくて、何かを懐かしんでいるような響きがあった。

「覚悟を決めてたら、誘ってくれていた？」

「伯爵領に来ないかって？」

「そう。美味しい仔牛のローストがあるから食べにこないかって」

「それを言ったら釣られてくれたのかよ」

おかしそうにノアが笑う。わたしも肩を揺らしながら、またお酒のグラスを口に寄せた。

きっとただの飲み友達のわたし達だったら、ノアは誘わなかったし、わたしもそれに応えなかった。でも少し冗談めかしてみるくらいは許されるだろう。

「でも俺は、いつかはお前をここに連れてきたいと思ってたよ。俺の生まれた場所をアリシアに見て貰いたいって思ってた」

お喋《しゃべ》りをしながら、ノアはわたしのお皿に料理を取り分けてくれる。それに甘えて、次はカボチャのグラタンをいただく事にした。

粗く潰されたカボチャはほくほくとした食感が残っていて、とても甘い。塩気の強いチーズがよく合っている。鼻を抜けるようなスパイスの香りは、混ぜ込まれているベーコンからのものだろうか。美味しい。

「ノアの生まれた場所は、とても素敵な所だって分かったわ。秋だけじゃなくて、これからも連れてきてくれる？」

「もちろん。見せたいものがたくさんあるんだ」

この場所には素敵な思い出がたくさんあるのだろう。大切なその場所に、わたしを連れてきてくれる。いままで積み重ねてきたものに、わたしとの思い出も重ねてくれるのだ。それを幸せだと言わずに、なんと呼ぶのだろう。

込み上げてくる想いを押し隠すように、わたしは少し温くなったお酒を一口飲んだ。

たくさん食べて、いっぱい飲んで。

あの後、テーブルの上の食事を全部食べ終えたわたし達は、デザートも楽しんでしまった。夕方まで祭りを見て歩いたけれど、もう何も食べられそうにない。今にもお腹がはちきれそうだなんて言ったら、俺もなんてノアが笑った。

秋の終わりを感じさせる最近は、もう日が短い。

夕陽が沈みかけた空が赤く燃えていたのも先程までで、今の空には夜の色が混ざり始めている。紫色に夕星《ゆうつづ》が浮かぶ空は、ノアの瞳と同じ色でとても綺麗だ。

「そろそろランタンを飛ばす頃だ。行こうぜ」

ノアに手を引かれて海へと繋がる道を進む。

周囲の人も目的地は同じようで、長い列が出来ている。賑やかで楽し気な声が至る所から聞こえてきて、なんだかそれだけでも心が浮足立ってくる。

やってきた港に船はない。

目を凝らすと、少し離れた場所に大小様々な船が係留されているのが見えた。きっとお祭りの為に場所をずらしているのだろう。

夕陽の名残が空だけでなく海も金色に染めている。

潮の香りと、海猫の声。列を組んで飛んでいくあれは、なんという鳥なのだろう。

「夕方の海もとても綺麗だわ」

「気に入ってくれて良かったよ。今度は船にも乗ろうな」

「乗ってみたい！」

「よし、約束」

そんな会話をしながら、列に並ぶ。この先でランタンを配っているらしい。

この人の数のランタンが飛ぶなんて、きっと美しい光景になるのだろう。その一つを担う事が出来るなんて。

期待に胸を弾ませながら足を進めると、先頭まではあっという間。ランタンを配ってくれる人達の後ろにはアインハルト家の皆様が居て、手を振ってくれる。

手を振り返している間に、ノアがわたしの分のランタンも受け取ってくれたようだ。

その場を離れて、また列に並ぶ。

この先にはランタンに火を灯して、飛ばす場所があるそうだ。

わたしは手の中にある小さなランタンに目を向けた。

白い紙で作られたランタンの中には、火種を入れる十字の骨組みがある。初めて見るから面白いけれど、破ってしまわないように気を付けないといけない。

もうランタンは飛び始めている。

オレンジ色の光を放つランタンがふわふわと浮かんで、高く昇っていくのはとても綺麗。

今からわたしのランタンもその仲間入りをするのだ。

「熱くなるから、ここを持って。ゆっくり手を離せば浮かんでいくから、慌てないようにな」

「分かったわ」

「願い事を託して、それが叶《かな》うように祈りながら飛ばすんだ」

「ノアも願い事をしていたの？」

「ああ。それが叶ったかどうかは、もう覚えていないけどな」

「じゃあ今夜の願い事は叶うといいわね」

「そうだな」

願い事か、何にしよう。

わたしの一番の望みは……もう叶っているし、きっとこれからも叶い続ける。

同じ事を繰り返し願う事はどうなのだろう。でも、それもいいのかもしれない。願いを積み重ねて、自分の心にも刻んでいくのだ。願いを叶えるのは、わたしでもあるのだから。

順番がやってきて、ランタンの教えて貰ったところを持つ。係の人が灯してくれた火は、すぐにランタンを膨らませていく。

火が燃え移ってしまわないように気を付けながら、岸壁まで歩みを進めた。

道端には明かりが灯されているし、ノアがわたしの足元にも気を配ってくれるから有難かった。海に落ちたら大変な事になってしまうもの。

岸壁で足を止める。

隣を見れば、ノアもこちらを見ているものだから、思わず二人で笑ってしまった。

ランタンに顔を戻して、心の中で願いを紡ぐ。

――ノアとずっと一緒に居られますように。

これから先の未来で何があっても、お互いを信じあって、ずっと愛を紡いでいく事が出来ますように――

わたしの願いは変わらない。ノアと一緒にいる事が、わたしの幸せなんだもの。

願いを込めたランタンを、空へと飛ばす。

わたしの手を離れたランタンは、まるで道があるかのように迷いなく空へと昇っていった。

ノアに手を引かれてその場所を離れるけれど、わたしは振り返りながらずっとランタンを見つめていた。夕星に届くのではないかと思うくらい、高く浮かび上がっていった。

次々とランタンは浮かび上がっていく。

無数のランタンが夜空を彩る光景は美しくて、きっとこの夜を忘れる事は出来ないだろう。そう

思うほどに、幻想的な美しさだった。

「来てくれてありがとう」

港の片隅で、何かの倉庫の壁に凭《もた》れ掛《か》かりながら、わたし達は夜空を見上げていた。浮かび上がっていくランタンはその数を増していく。わたしが飛ばしたランタンはもうどれかも分からなくて、きっともう目の届かないどこかへ飛んで行ってしまったのだろう。

「お礼を言うのはわたしの方よ。連れてきてくれてありがとう。ノアはこんなに素敵な場所で生まれて、育ってきたのね」

「子どもの時はそんな風には思わなかったんだけど。家を離れて王都で暮らしたら、時々ふと思い出す時もあるんだ。楽しい思い出ばかりだからかもしんねぇな」

「他にもそんな場所がたくさんあるんでしょう？　連れていってくれるのを楽しみにしてる」

「任せてくれ。俺の好きな場所を、お前も気に入ってくれたら嬉しい」

不意に歓声が上がった。

そちらの方に目を向けると、一際大きなランタンが浮かび上がっていくのが見える。ランタンは他と同じ白だけど、アインハルト家の紋章が描かれているのが遠目にも分かった。

「祭りの最後は領主が、感謝を捧げるランタンを飛ばすんだ」

という事はお祭りももう終わりなのか。

少し寂しく思ってしまうのは、今日がとっても楽しかったからかもしれない。

お祭りはまた来年もあるし、明日からの日常だって楽しい事が溢れているって思えるのに……無性に寂しく感じてしまう。

「なんだ、随分寂しそうな顔してんな」

「そうね、寂しい。お祭りが終わっちゃうのが寂しいの」

「特別が終わる感じ？」

「そうかもしれない。だって今日がとっても楽しかったから。ご飯はどれも美味しかったし、ピスコだって美味しかった。ノアと一緒にいろんなお店を巡るのも楽しかったし、ランタンだって綺麗だったから。今日が終わるのが、勿体《もったい》ないって思っちゃうの」

「終わらせる気はねぇけど？」

笑みを浮かべたノアがわたしの顔を覗き込むように身を屈める。前髪を手櫛《てぐし》で後ろに撫でつけたノアは眼鏡をかけていないから、夕星の瞳がいつもよりも近く感じてドキドキしてしまう。

こんなに近かったら心臓の音が聞こえてしまうかもしれない。顔も耳も熱いから、赤くなっている事はもうバレているだろうけれど。

「夜はまだ長いだろ」

ノアの手がわたしの髪に触れる。その手が頬を包んで、親指がわたしの唇をなぞる。

それだけで胸の奥がぎゅっと切なくなってしまうのだ。

「愛してる」

「……わたしも」

紡がれる睦言は、蕩けるように甘い。

嬉しそうに笑ったノアが顔を近付けてきて、唇が重なる。触れるだけの重なりは、だんだん深くなっていって、その甘さに眩暈《めまい》がしそう。

お祭りの余韻も遠く感じる。

隠れてキスをしているわたし達を、空に浮かぶランタンだけが見ていた。

あとがき

この度は『隠れ星は心を繋いで2～婚約を解消した後の、美味しいご飯と恋のお話～』を読んで下さってありがとうございます！

前作で美味しいものを沢山食べていたアリシアとノアでしたが、今作もやっぱり美味しいものを食べるところから始まります。

結婚までの日々を穏やかに過ごす……はずが、外遊にやってきた王女殿下の護衛任務に就いたノアが我儘に振り回される事に。会えない時間が続きますが、そんな中でもアリシアに寄り添おうとするノアに注目していただきたいです。

自分で読み返しても本当に食べる事が好きな二人だなと思います。ずっとそんな時間を積み重ねて、仲良く過ごしていくであろう二人を、これからも見守っていただけたら嬉しいです。

今作も美しくて華やかなイラストで彩って下さったとよた瑣織《さおり》先生、編集様、出版に関わって下さった全ての皆様に厚く御礼申し上げます。

そして応援して下さっている皆様のおかげで、こうして二冊目を刊行する事ができました。心より感謝いたします。

またお会いできる事を願いつつ、皆様のご健勝を心よりお祈り申し上げます。

花散《はなち》ここ

Kラノベブックスf

隠《かく》れ星《ぼし》は心《こころ》を繋《つな》いで2
～婚約《こんやく》を解消《かいしょう》した後《あと》の、美味《おい》しいご飯《はん》と恋《こい》のお話《はなし》～

花《はな》散《ちる》ここ

2024年12月24日第1刷発行

発行者	安永尚人
発行所	株式会社 講談社 〒112-8001　東京都文京区音羽2-12-21
電　話	出版　(03)5395-3715 販売　(03)5395-3608 業務　(03)5395-3603
デザイン	C.O2_design
本文データ制作	講談社デジタル製作
印刷所	株式会社KPSプロダクツ
製本所	株式会社フォーネット社

KODANSHA

ISBN978-4-06-537790-1　N.D.C.913　290p　19cm
定価はカバーに表示してあります

ファンレター、
作品のご感想を
お待ちしています。

あて先
〒112-8001　東京都文京区音羽2-12-21
(株) 講談社　ライトノベル出版部 気付
「花散ここ先生」係
「とよた瑣織先生」係

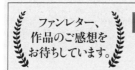